五南文庫 035

中國古代文學史講義

傅斯年◉著

五南圖書出版股份有限公司

五南文庫 035

中國古代文學史講義

作　　者　傅斯年
發 行 人　楊榮川
總 編 輯　龐君豪
編　　輯　陳姿穎
封面設計　黃柏翔

出 版 者　五南圖書出版股份有限公司
地　　址　106台北市和平東路二段339號4F
電　　話　（02）2705-5066（代表號）
傳　　真　（02）2706-6100
劃　　撥　0106895-3
戶　　名　五南圖書出版股份有限公司
網　　址　http://www.wunan.com.tw
電子郵件　wunan@wunan.com.tw
法律顧問　元貞聯合法律事務所　張澤平律師
出版日期　2011年 10月初版一刷
定　　價　新台幣250元

國家圖書館出版品預行編目資料

中國古代文學史講義 / 傅斯年著.--初版.--臺北市：五南, 2011.10

面；公分

ISBN 978-957-11-6405-2 (平裝)

1.中國文學史　2.文學評論史

820.9　　100016922

寫於五南文庫發刊之際——
不信春風喚不回……

在各項資訊隨手可得的今日，回首過往書香繚繞情景，已不復見！網路資訊普及、媒體傳播入微，不意味人們的智慧能倍速增長，曾幾何時「知識」這堂課，也如速食一般，無法細細品味，只得囫圇嚥下！慣性的瀏覽讓知識無法恆久，資訊的光速致使大眾正在減少甚或停止閱讀。由古至今，聚精會神之於「閱」、頷首朗頌之於「讀」，此刻，正面臨新舊世代的考驗。

身為一個投入文化暨學術多年的出版老兵，對此與其說憂心，毋寧說更感慚愧。自身的成長，得益於前輩們戮力出版的各類知識典籍。而今，卻無法讓社會大眾再次感受到知識的力量、閱讀的喜悅、解惑的滿足，這是以傳播知識、涵養文化為天職的吾人不能不反躬自省之責。值此之故，特別籌畫發行「五南文庫」，以盡己身之綿薄。

文庫，傳自西方，多少帶著點啓迪社會大眾的味道，這是歷史發展使然。德國雷克拉姆出版社的「世界文庫」、英國企鵝出版社的「企鵝文庫」、法國伽利瑪出版社的「七星文庫」、日本岩波書店的「岩波文庫」及講談社的「講談社文庫」，為箇中翹楚，全球聞名。華人世界裡商務印書館的「人人文庫」、志文出版社的「新潮文庫」，也都風行一時，滋養了好幾世代的讀書人和知識份子。此刻，「五南文庫」的出版，不再僅止於啓蒙，而是要在眾聲喧嘩、浮躁不定的當下，闢出一方閱讀的淨（靜）土，讓社會大眾能體驗到可藉由閱讀沉澱思緒、安定心靈，進而掌握方向、海闊天空。

五南出版公司一直致力於推廣專業學術知識，「五南文庫」則從立足學術，進而面向大眾，以價廉但優質、厚實卻易攜帶的小開本型式，取代知識的「沉重與昂貴」，亦即將知識的巨大形象裝進讀者的隨身口袋，既甜美可口又和善親切。除了古今中外歷久彌新的名著經典，更網羅當代名家學者的心血力作，於傳統中展現新意，連結過去與現在。

人生是一種從無到有，從學習到傳承的不間斷過程。出版也同樣隨著人的成長而發生、思索、變化與持續，建構著一個從過去到未來的想像藍圖，從閱讀到理解、從學習到體會、從經驗到傳承，從實踐到想像。吾人以出版爲職責、爲承諾，正是希望能建構這樣的知識寶庫，希冀讓閱讀成爲大眾的一種習慣，喚回醇美而雋永的閱讀春風。

發行人 楊榮川

二〇〇八年六月

目錄

第一講　擬目及說明

泛論

1. 思想和語言——一個文學界說
2. 語言和文字——所謂文言
3. 成文的文學和不成文的文學
4. 文人的職業
5. 文學的環境「全」的意義
6. 文體之演化
7. 文人的天才
8. 工具的和藝術的
9. 論文藝批評之無意義
10. 翻譯
11. 史料論略
12. 泛論中國古代文學

第一篇　殷商遺文

1.漢文起源之一說
2.殷文書之直接材料
3.殷文書之間接材料

第二篇　著作前之文學

1.殷周列國文化不是單元之揣想
2.西周的時代
3.周誥——金刻文附
4.泛論「詩」學——〈周頌〉附韶武說、〈大雅〉
5.〈小雅〉和〈魯頌〉、〈商頌〉
6.三百篇之文辭

7.《周易》
8. 何爲「東周」？東周的分期
9.〈周南〉、〈召南〉和〈國風〉
10.「史」——斷爛朝報的春秋觀
11. 私家記言文的開始——〈論語〉
12.《國語》——記事文的開始，附論〈文侯之命〉及〈秦誓〉
13. 不風不雅的詩體——由老子到荀賦
14. 子家與戰國的時代
15. 十五　不著述的子家分論
16.《漢書．藝文志》中著錄秦前文籍表及考證存疑
17.《世本》、《戰國策》問題、《竹書紀年》問題附
18. 方技書
19. 最早傳疑文人——屈原、宋玉、景差
20. 著作之開端

第三篇　著作大成時代

1. 論荀卿
2. 秦皇與李斯「書同文，車同軌，行同倫」
3. 論漢承秦緒
4. 黃老刑名陰陽五行儒術之三角的相剋相用
5. 楚辭餘音
6. 上書和作賦
7. 賈誼
8. 漢賦體之大成
9. 《呂覽》之續《淮南子》
10. 西漢盛時文人在社會中之地位——以東方朔、枚皋爲例
11. 儒林
12. 漢武帝
13. 司馬遷

14. 五言詩之起源
15. 漢樂府
16. 劉向
17. 揚雄
18. 所謂古文學
19. 泛論八代之衰

這一科目裡所講論的，起於殷周之際，下到西漢哀平王莽時。別有補講若干篇，略述八代時新的方面，和唐代古今文學之轉移關鍵。

這樣斷代的辦法，或者需要一個很長的解說，才可不使人覺得太別致，但將來全部的講義寫完，才是把這樣斷代的意思寫完，現在只能說幾句簡直的話。我們總不便把政治的時代作爲文學的時代，唐朝初年的文學只是隋朝，宋朝初年的文學只是唐季，西漢揚子雲的古典主義和東漢近，反和西漢初世中世甚遠；東漢的文章又和魏晉近，和西漢遠。諸如這樣，故我們不能以政治的時代爲文學的時代。若不然者，不文的漢高祖，成了我們分別時代的界限，豈不支離？即便把秦始皇之年作爲斷代所據，我們也還免不了感覺秦之李斯實是戰國人，戰國之荀卿卻實是在思想上爲秦之開端者，即漢代初年吳梁諸王客依然是戰國風氣。文學時代之轉移每不在改朝易代之時，所以我們必求分別文學時代於文學之內，不能出於其外，而轉到了政治之中。以這層意思爲標準，則我們斷代的宗旨如下所說。第一，以自殷商至西漢末爲古代文學之正身，以八代爲古代文學之殿軍者，正因周漢八代是一線，雖新文學歷代多有萌芽，而成正統大風氣之新文學，至唐代方才見到滋長。例如從韻文一邊說，七言詩，新樂府，絕句，詞，曲，雜劇，傳奇；以散文一邊說，文言小說，俚言小說，以開宋之平話，明清之長篇小說者，又若純在民間的文學，如流行的各種唱本彈詞（這些裡面嘗有絕好的文章，惜未整理過，我們現在看去，覺得披沙揀金之苦）。乃至尚未著文的傳說歌曲。或者我們將來得見的材料多了之後，也可以在八代中爲這些東西找到一個遠端緒。不過這些東西，除七言及新樂府以外，到底在八代後才能大體滋衍，至少我們現在所得見到之材料如此。使近代文學成就得以異於古代者，是這些東西，不是八家的古文及其繼續者，模擬八代的五言詩、西昆、西江、三傑、前後七子等等。因爲學古文、摹古詩至多做到了古人之後勁；若新的端緒、新的生面，必用新體，必有異於古的感覺及理想，方才可以別開世代。我們既以這些色彩標別近世，則古代斷代應在唐世。時間是自然的，斷代是不自然的，所以不同世代的換移，嘗經好幾百年，才見得完全成就了。若果有人問我們斷自何年，我們只好說無年可斷。分別時期之時，還應標明時期不能分別之意。

至於以古代文學之盛，斷自哀平王莽，而以其下之八代為「亂」者，乃因周秦西漢是古代文學的創作期，八代之正統文學則不然（此處所謂八代指東漢至隋，西漢不在內。蘇子瞻稱昌黎「文起八代之衰」者，正如此意也）。揚子雲而前，中國只有文學，沒有古文，雖述作並論，究未若東漢魏晉六朝之正統文學中典型觀念之重。八代的東西若不是有自民間而上達的五言詩及樂府，和佛教的影響，恐怕竟沒有什麼可以說是這時候自己創造的東西；而駢文律詩，都是典型文學中（俗譯古典文學）之極端趨勢，翻新花樣而已（駢文律詩之為典型文學，待後論）。駢文家之李申耆固認八代為周漢之流裔，而古文家自韓退之而後，都抹殺八代，八代之所以為八代，與其所以不為周漢者，正以它實自周秦盛漢出來，而不能憑空另起一線（五言詩等除外，但五言到晉宋以後，典型既成，與文同趨矣）。試看自揚子雲開始，求整，用古，成為文學之當然風氣。文章愈趨愈駢，直到庾子山晚年的賦，唐四傑的文辭，差不多是一個直線。若長篇著作，也是愈後愈覺形式先於骨肉，在文風上都是向「文筆」之分一個作用上進化。我們可以說這是進步，假如我們歡喜這個；也可說是每況愈下，假如我們不歡喜。轉看周秦西漢，頭緒繁多，作體自由，並不見有限制自己的典型。以這個理由，八代但可爲周漢之殿。

至於周秦西漢之中，又分「著作前」、「著作大成」兩時期者，乃因春秋及戰國前半之文書，官籍而外，記言而已，方技而已。雖《國語》在這個時期內成就，但這書究竟還是記言文之引申，敷衍文辭者多，記錄成事者少，當不同於楚漢春秋之多歷史性質。若諸子之文，前期但記言，至荀卿呂不韋韓非等方才據題著文，抽象成論（《史記》明謂荀呂等始作）。且著作前期有文學而無文人，「奚斯頌魯」之說，既不盡可靠；《小雅》中又只有一篇標作者。楚辭宋賦既不消說是和漢賦爲一氣，而遠於戰國前半的文學，且又是指名作者之文學；著作出來，文人出來，自然必是開新世紀的事。

不過我們究竟不要把分期一件事看得太固執了，譬如八代爲周秦西漢文學之殿，本不能包括五言詩而論，即盛於唐代的七言詩也是造胎於八代的。由一個觀念可以這樣分，另由一個觀念可以另一樣分，這裡分時期本不是作科學的計量，只是願將一切看來好像散漫的事實，借一種分時期法，略使我們看得一種比較扼要的「視線形」（Perspective）而已。

第二講　敘語

諸君研習文學，第一要避免的，是太著重了後來人的述說、批評、整理的著作，以及敘錄的通書，而不著重原書。諸君假如僅僅細心地讀完了一部書，如《詩經》，或《左傳》，或《史記》，或一大家的詩，都比讀完一切近年來文學史的著作好；又如把《楚辭》的章句故訓詳細校讀一遍，自己會有一種見解，便也用不著別人的教科書。所以文學史之用，斷不是以此代替讀專書，恰恰反面，乃是刺激人們去分讀專書的。不過，我們雖知道專書的研究是根本工夫，而但能分讀專書不知聯絡的人，也常常免不了「鄙陋」，把這個名詞翻成近代話，「鄉下人氣」。所見不廣，不知道文學因時因地的變遷和聯絡，就要「坐井觀天」了。講文學史一科之意就是這樣。

我們寫文學史時，最簡單的辦法，是把諸史文苑傳及其他文人傳集起來，加上些別的材料，整理成一部鄭夾漈所謂通志中之一志，這樣子的一個「點鬼簿」，不是不可以做的，也可以做得很精細的。或者把各時代的文學評論集起，依時排列，也可成一都很好的記載。不過，我們覺得文學之任務當不止於這樣編輯的工夫，我們現在的要求是以講說引人做學問，不是修書。一時想到，作文學史應該注意下列三項工作。

第一，因為文學史是史，他和史之別的部分之分別，乃因材料不同類而分開題目去做工：要求只是一般史學的要求，方法只是一般史料的方法。考定一書的時代，一書的作者，一個事件之實在，一種議論的根據，雖是文學史中的問題，也正是通史中的事業。若是我們把時代弄錯、作者弄錯，一件事之原委弄錯，無限的誤謬觀念可以憑借發生，便把文學史最根本的職務遺棄了。近代中國的語言學和歷史學，開創於趙宋（說詳後），近三百年來成績很大。最近二十年中，尤有若干新觀點，供我們這一項的考定知識之開拓。這一類的工夫是最根本的工夫，即是我們談文學史的第一個要求，若這一條任務舉不起來，其他的工作沒有附麗的所在。

第二，我們看，若干文體的生命彷彿像是有機體。所謂有機體的生命，乃是由生而少，而壯，而老，而死。以四言詩論，爲什麼只限於春秋之末，漢朝以來的四言詩做不好，只有一個陶潛以天才做成一個絕無對偶的例外？爲什麼五言起於東漢的民間，曹氏父子三人才把他促成文學上的大體制，獨霸了六朝的詩體，唐朝以後竟退居後列，只能翻個小花樣呢？爲什麼七言造胎於八代，只是不顯，到了李杜才成大章法，宋朝以後，大的流變，又窮了呢？爲什麼詞成於唐，五季北宋那樣天眞，南宋初年那樣開展，吳夢窗以後只剩了雕蟲小技呢？爲什麼元曲俗而眞，粗而有力，盛明以來的劇，精工上遠比前人高，而竟「文飾化」的過了度，成了尾大不掉的大傳奇，滿洲朝康熙以後又大衰，以至於死呢？爲什麼屈宋辭賦變到成了漢朝的大篇章之賦遂沒有了精神呢？就是這些大文體，也都不像有千年以上的眞壽命，都是開頭來自田間，文人借用了，遂上檯面，更有些文人繼續的修整擴張，弄得範圍極大，技術極精，而原有之動盪力遂衰，以至於但剩了一個軀殼，爲後人抄了又抄，失去了擴張的力氣；只剩了文字上的生命，沒有了語言上的生命。韻文這樣，散文也一般，詳細的疏證，待「文體」一章說。這誠是文學史中的大問題，這層道理明白了，文學史或者可和生物史有同樣的大節目可觀。「把發生學引進文學史來！」是我們工作中的口號。

第三，文學不是一件獨立的東西，而是時代中的政治、思想、藝術、生活等等一切物事之印跡。世上有限於一時代之文學，假如它裡面的質料和感覺是只屬於這一時的；有超於一時代之文學，假如它裡面的質料和感覺是超於這一時代的；但斷斷沒有脫離了時代的文學還能站得住。古文有脫離時代的要求，古文便沒有生命。所以文學不能離其他事物，獨立研究，文學史上的事件，不能離其他事件，單獨推想而得。「靈魂在一切事物中，一切事物之全即是靈魂。」文辭中的情感，彷彿像大海上層的波花，無論它平如鏡子時，或者高濤巨浪時，都有下層的深海在流動，上面的風雲又造成這些色相，我們必須超過於文學之外，才可以認識到文學之中，例如屈宋文辭，出產於楚國的世代，漢朝辭賦只是吳梁武帝諸朝廷的產品，齊梁間的文華形成儷體，北地的壯風振作唐代的文學。唐詩宋詩題目不同，唐詩的題目到北宋中期後進到詞裡面，而所謂宋詩者，另是一套題目；正因為唐代文人多是中朝閒散之人，或是持節大夫之客，所以除杜韓若干大家自己為自己作詩以外，多是寄託於卿相的華貴生活中之裝飾藝術家。宋代文人的生活獨立些，於是題目因生活而不同，感覺之界因題目之不同而又不同了。又若很小的事，如讀一首小詩，每覺映射世代之遠大，即如唐人絕句：「黃河遠上白雲間，一片孤城萬仞山。羌笛何須怨楊柳，春風不度玉門關。」在唐時安西萬里，征戍者有此情感，這詩自是最真的詩。設若在現在人作來，便全無意義了。又如初唐律詩：「盧家少婦鬱金香，海燕雙棲玳瑁梁。九月寒砧催木葉，十年征戍憶遼陽。白狼河北音書斷，丹鳳城南秋夜長。誰謂含愁獨不見，更教明月照流黃。」這詩正基於隋唐東征的事實，府兵家庭的情景，儼然畫出初唐人的情感，題曰「古意」，實是今文。諸如此類，文情流變，與時代推移，是我們了解文學與欣賞文學中之要事。這是我們的第三要求。

現在不是著一部文學史，乃是把一部文學史事之卮言寫下來，作我們後來回想的資料。中國古代文學史所包含的時代恰恰有無限的困難問題，非我們現在的能力所能解決，且現在我們所及見的材料正也不夠供我們解決這一切問題的。我的「卮言日出」，非供諸君以結論，乃贈諸君以問題，有時或覺說的話彷彿徘徊歧路，毫無定見樣的，這正因爲我們不便「今日適越而昔至」。且把一切可能的設定存在心中，隨時推端引緒，證實證虛。假如這些問題刺激得諸君心上不安寧，而願工作，以求解決，便達到這講義的目的了。「奇文共欣賞，疑義相與析」，願同勉之。

第三講　泛論

有些事件，並不附麗於任何一時或任何一人或任何一書，而這些事件又恰是文學史上不可忽略者，於是提到前端來，寫成十篇泛論，以當我們的文學界說。

思想和語言——一個文學界說

從來治哲學而談心理的人，每每把思想當做內體，把語言當做外用，以為思想是質，語言是具，語言是所以表思想者，思想卻不即是語言。我們在很多地方早已為這一說所化了，所以時時感覺著文辭之用是先想著，後說出，雖然有些平常事實已經和這個「成見」反背，例如我們「衝口而出」的話，還不是我們先說出來後來再想到呢？我們想時還不是等於不說出口，自言自語呢？然而決然斷然以思想為語言之收縮，不以語言為思想之表達者，初不曾聽到，直到一些人擴充生理學的方法於心理學之界域，才有一個人直以思想為語言之內斂習慣。（看J. B. Watson: *Psychology form the Standpoint of the Behaviorist*及其《*Behaviourism*》這本是心理學中一個實驗問題，解決和發展應是實驗室中的事，不消我們去談論，但有一點卻和我們做文學的定義時相涉，這一點如下。假如語言是思想之向外者，則思想是大名，或前名；語言是小名，或後名。文學縱是以語言為質料，卻實在以思想為體。假如思想是語言之向內者，則語言是大名，或前名；思想是小名，或後名。文學縱不免時時牽連到思想的特殊範域，卻自始至終，一往以語言為體。由前一說，文學與語言之「一而二二而一」之作用不顯，也許竟把文學界說做「即是思想之著於竹帛者」。如是，則動感情的文辭與算學又何以異？而一切文學中之藝術的作用，原是附麗於語言者，由此說不免一齊抹殺。由後一說，則文學與語言之「一而二二而一」之作用甚顯，文學所據，直據語言。語言向內的發展，成所謂內斂習慣，固然也是文學時常牽涉到的，但究竟不是直接的關係。「文言」之藝術是由自然語言而出之一種的特殊發展，算學亦是由語言而出的一種特殊發展，然而文言究竟還是語言，故仍是文學中的事件，而算學是直由思想之中寫於紙上者，已經輾轉的出去了一切與語言之直接的關係，故斷然不是文學中的事件，至與一切關涉邏輯的文辭，或曰論，或曰義理之文，雖亦是語言之一種特殊發展，且與內斂習慣關涉尤多，然究竟可以直自口出，故仍不失其在文學的界域中，且正憑其去自然語言之遠近定其文學的質素之淺深。總而言之，文學是根據語言的，不是根據思想的，至多是牽涉及於思想的。不管語言與思想在心理學中如何解決其關係，我們在此地且用這一個假定的解說。

文辭是藝術，文辭之學是一種藝術之學。一種藝術因其所憑之材料（或曰「介物」〔Medium〕），而和別一種藝術不同。例如音樂所憑是「金石絲竹匏土革木」等等，以及喉腔所出之聲音；造像所憑是金屬、石、石膏、膠泥等等所能表示出來的形體；繪畫所憑是兩積空間上光和色所能襯出之三積的乃至四積的（如雲飛動即是四積）境界；建築所憑乃是土木金石堆積起來所能表示的體式。文辭所憑當是語言所可表示的一切藝術性。我們現在界說文學之業（或曰文辭之業）爲語言的藝術，而文學即是藝術的語言。以語言爲憑借，爲介物，而發揮一切的藝術作用，即是文學的發展。把語言純粹當做了工具的，即出於文學範圍。例如，一切自然科學未嘗不是語言，然而全是工具，遂不是文學；若當做工具時，依然還據有若干藝術性者，仍不失爲文學，例如說理之文，敘事之書，因其藝術之多寡定其與文學關係之深淺。這個假定的界說，似乎可以包括文學所應包括的，而不添上些不相干的。

各種藝術因其所憑借之介物不同，故不能同樣的發展，又因其同是藝術，故有類似的發展。文辭之中，有形體，這是和造像同的；有章法，這是和建築及長篇音樂同的；有聲調，這是近於音樂的；有境界，這是同於繪畫的；有細密而發展不盡的技術

（Technique），這是和一切藝術同的；有排盪力，爲所感者哀樂動於中，「不知手之舞之足之蹈之也」，這是和一切大藝術之作用同的。著文等於譜樂，只是所用的單位不同，著文者用語言之詞，譜樂者用音韻之節。著文等於繪畫，意境爲先，有時詩與畫可作麗比，正由詩境畫境同者實多。著文等於建築，建築時「意匠慘淡經營」，成就一段「天似穹廬」之體。文辭中之結構，俗學者談得只是八股，然雅頌漢賦以來之韻文，及子家、史傳以來散文，無不有構造，以成形體之力量。文辭中有「態」，「態」是與造像繪畫同的，文辭中有「勢」，「勢」是與建築同的。一切藝術都是以材料爲具，人性爲宰，人之性靈運用在一切材料之賦給和限制上，所以各種藝術，因人之性靈而有溝通，因材料之賦給和限制而有獨立，述說一切藝術之集合，未嘗不可爲「成均」之論也。必以文學爲藝術，然後文辭之品德和作用有可見其大體者。

有通達的文學，有鄙陋的文學，有大文學，有小文學；正和音樂中有通達的音樂，有鄙陋的音樂，有大音樂，有小音樂一樣；正和其他大藝術有這些品類分別一樣。疏通致遠者爲達，局促於遺訓或成體或習俗而無由自拔者爲鄙，能以自己之精靈爲力量以運用材料者爲通，爲材料所用者爲陋，能自造千尋華表者爲大，從固有之成就，更復一腔一面堆積者小。八股不能成大文學，因爲大文學之品質在這一體中無所附麗：連珠箴銘不能成大文體，因爲這些體裁裡只有微末的小技可以施展。一種文學之高下即等於在此文學中藝術作用之大小而已。

寫文學史應當無異於寫音樂史或繪畫史者。所要寫的題目是藝術，藝術不是一件可以略去感情的東西，而寫一種的史，總應該有一個客觀的設施做根基。所用的材料可靠，所談到的人和物有個客觀的眞實，然後可得眞知識，把感情寄託在眞知識之上，然後是有著落的感情。不過所談者僅是一切考核比例，也不算完全盡職的，必有感覺，才有生命。宋人談古代，每每於事實未彰之先，即動感情，這是不可以的；若十足的漢學家，把事實排比一下就算了事，也不是對付文學的手段，因爲文學畢竟是藝術。必先尋事實之詳，然後成立說者與所說物事相化之情感，如此方能寡尤，方能遂性。我在這裡本不是著文學史，只是作些文學史題之卮言，但也希望諸君能發乎考證，止乎欣感，以語學（大陸上謂之Philologie）始。以「波濤動盪（Sturm und Drang）」終。

語言和文字——所謂文言

把語言和文字混做一件事，在近代歐洲是不會有的，而在中國則歷來混得很厲害。例如，中國和朝鮮和安南和日本是同文，不是同語，英德以及各拉丁民族是同文，即是同用拉丁文書，不是同語。西洋有國語而無國文，文書都是在一個時期向文化較久的別個民族借來的，而中國卻有一個自己國人為自己語言用的文書，雖說這種文書後來也為外國人用了，如朝鮮、安南、日本，不過這些外國人是把漢語漢化一齊搬去的，所以他們實在是以文化的緣故借漢語，只是讀音有些變遷，到很後才有把漢字表他們語言的，如日本文中的訓讀。漢字既專為漢語用，而漢語也向來不用第二種工具來表它，只到近代耶穌教士才以羅馬字母作拼音字，以翻譯《舊、新約書》，中國人自己也有了各種的注音字母，所以漢字漢語大體上是「一對一」的關係，歷史上的事實如此。其實漢字和漢語並沒有什麼生理上的關係，我們固然可以漢字寫英語（假如為英語中每一音設一對當之漢字），也可以拉丁乃至俄羅斯字母寫漢語，這裡只有一個方便不方便的較量，沒有不可能性。古來人尚知文語兩件事的分別，譬如說，「老子著作五千言」，這是和五千文不同的，五千言是指讀起來有五千個音，五千文是指寫下來有五千個字。這個分別漢後才忽略，正因漢後古文的趨向益盛，以寫在書上的古人語代流露口中的今人語，於是這層分別漸漸模糊，文即是言言即是文了。

把文字語言混爲一談，實在是一個大誤謬。例如所謂「文字學」分爲形體、聲音、訓詁三類，這三類中只有形體是文字學，其餘都是語言學。又如只有《說文解字》是字書，後來的如《干祿字書》等乃是純粹字書。《廣韻》、《釋名》、《玉篇》等等在大體上說都是語書，而後人都當做字典看。我們現在所習的外國語是英語、法語、德語等，並不是英文、法文、德文等，而誤稱作「文」。這一層誤謬引起甚多的不便，語言學的觀念不和文字學分清楚，語言學永遠不能進步；且語、文兩事合爲一談，很足以阻止純語的文學之發展，這層發展是中國將來文學之生命上極重要的。

先談中國的語言。世界上的語言不是各自獨立的，而是若干語言合起來成一語族，另有若干語言合起來成另一語族等等。現在的世界上有多少語族，我們不能說，因爲世界上大多數的語言是沒有詳細研究過的。也許後來找出完全孤立的語言來，但這樣情形我們只可去想，它的親屬滅亡，彷彿世界上有若干甚孤立的物種樣的。能認識語言的親屬關係，是一件很近代的知識，古來沒有的。譬如漢語和西藏語的關係之切，有些地方很可驚人的，但自唐太宗時代中國和吐蕃文化上大交通，沒有人提到這一層。又如希臘、羅馬語言之關係密切。現在更不消詳說，而羅馬文法家天天在轉譯希臘語學，卻不認識它們是兄弟。又如羅馬使者塔西吐斯到了日耳曼境，不特不認識它這一個兄弟語，反而以爲這些北歐蠻族的話不像人聲。近來所謂「比較言語學」者，就是這一個認識語言親屬之學問，到了十八九世紀之交，因梵語學之入歐洲才引生。德意志、丹麥兩地的幾個學者，經數十年的努力，又因印度、希臘、拉丁三種語學以前各有很好的成績，可以借資，而歐洲又很富於各種方言的，於是所謂「印度日耳曼語學」（或曰印度歐洲，因東起印度西括歐洲）成爲一種很光榮的學問。到現在歐洲各國的大學多有這一科的講座，各國大家輩出，而這一族的語言中之親屬關係，大致明白了。比較言語學在性質上本像動物或植物分類學，以音素及語法之系統的變遷，認識在一族中，不同的語言之聯絡。印度日耳曼語族以外，尙有賽米提系比較語言學也還發達（包括古埃及、亞西里亞、希伯來、敘利亞，以及中世以來阿拉伯各方言，厄提歐波各方言等等），芬蘭、匈牙利系語學也有成績。此外之做比較言語學者，雖在黑人的話也有些動手的，不過現在都在很初步的狀態，遠不如上述幾族的比較語言學之發達。中國語所屬的一族，現在通常叫做印度支那族，因爲西至印度之中心，東括中國全境之大部。在這一帶中的語言差不多全屬這一族。這一族裡比較有跡可尋的，有兩大支，一西藏緬甸支，這一支中保存印度支那系之古語性質稍多；二中國暹羅支，中國語的各方言和泰語（暹羅語所自出）的各方言，成這一枝的兩葉。這是以語法音素名詞等爲標準去分類的；這樣分法已經是成立事實。但其中若干事件，現在的知識正在茫無頭緒中，且有好幾支的語言，如孟大（在印度中東部）、孟散、克摩（克摩在交趾西、柬埔寨北及暹羅南境。孟散在緬甸境中）、安南（合以上通稱東亞洲濱支）雖知道是和這一族有些關係，或在內，或在外，但目前的知識還太稀薄，不夠下穩固斷語的。這印度支那語系之特質，即以漢語爲例而論，第一是單音：這層情形，在各語各方言中也頗不同。中國東南各方及語音尚富，故單音詞尚多，至於北方的「官話」，語音的原素甚少了，古來不同音現在變爲同音的字很多，因而有用雙音詞之要求。這個「單音」的性質，未必是印度支那語系的原始性質，藏緬語支中尚保存些詞前節（Prefix），有人說，這些詞前節在七世紀以來雖已只剩了聲，沒有了韻，而不成一獨立音，但古來是成獨立音的，至於各種泰語中有些甚複雜的不獨立音的詞前節，只有漢語才把詞前節從甚早的時代落得乾淨。第二是，無語尾變化，而以「虛字」代印歐語中流變作用（Inflexion）。但西藏語之動詞有類似流變者。漢語在春秋戰國時，代名詞亦偶有「吾我」、「爾汝」之別（「吾」、「爾」主位，「我」、「汝」受位，《論語》、《莊子》各書中例甚多，此係胡適之先生及珂羅倔倫先生不謀而合之發現），西藏語之語尾追加詞亦有很不像是虛字追加者。第三是韻色：韻色在齊梁時始有四聲之標明，現在中國北部有四，中部有五，廣東有九（或云尚多，此須細研究後方可論定者），西藏語在始著文字時尚沒有這個，而現在的方言中有，但用以別古來本不同音，而現在變做同音之詞，大約這個性質之發展，正是因爲音素趨少而生的。就以上三事看去，我們已經可以約略看出漢語是在這一族中進步最劇烈的，固有的若干文法質素現在尚可在西藏等語中找到者，在漢語均早消滅了痕跡。現在的漢語幾乎全以虛字及「語序」爲文法作用，恰若近代英語在印歐語中一樣，改變得幾不是印歐語舊面目了。中國語言的位置大致這樣。

中國文字完全另是一回事。古來研究中國文字學者，常常好談造字之本，這是非常越分的舉動。文字的發明和其進化成一個複雜而適用的系統，是世界文化史上頂大的事件之一，雖以印加斯（南美文化最高之國，美洲發現後滅亡）文化之高，有很多地方和舊大陸相埒，竟沒有文字。離它不遠在中美洲的墨西哥故國雖有文字，而甚樸質。至於舊大陸上文字之起源，目下的知識全在暗中，我們現在所能找到的最早的埃及古文、美索不達米亞古文（蘇末古文），雖然現在人以自己的觀點看去是些樸質的文字，其實這些古文已經是進化上許多世代之產物了。西方文字的起源雖無材料可考（此指埃及美索二地論，如希臘多島海及西班牙各地遺留原始文字，應另論），然我們知道歷史上及現在世界上的一切字母，除甚少例外如日本等，皆出於一源，白賽米提族出來的一源。雖現在各系字母如此不同，然學者業經證明印度各字母以及從它分出的西藏南亞洲各字母皆出自南賽米提，畏兀兒、蒙古、滿洲皆是敘利亞文教東來帶來的，而希臘、義大利各字母之出於腓尼基等人民之殖民，更不消說。獨自憑空創造文字，發明字母，歷史上竟無成例，可見文字創造之艱難。至於中國文字是否也在這個世界的系統中，或者是一個獨立的創作，我們現在全沒有材料證實證虛。如保爾（O. S. Ball）之論，以文字及語音證漢字與蘇末在遠古的關係，其中雖有幾個頗可使人驚異的例子，不過此君的亞敘里亞學未必屬第一流，而又不識中國古音，且用了些可笑的所謂中國古文，故弄得此書上不了檯場。但這層關係並不能斷其必然，且近年安得生君在北方發見新石器時代物中，許多是和西方亞細亞近中出現者絕同，是史前時代中國與西方亞細亞有一層文化接觸的關係，或民族移動的事實，非常的可能，因此而有一種文字系統流人，遷就了當地語言，成一種自己的文字。也不是不許有的，不過這層懸想只是懸想，目下還沒有供我們入手解決這個問題的材料。中國文字最早看到的是殷朝的甲骨刻文，近年在安陽縣出土者，這裡邊的系統已是很進步的了，所謂「物象之本」之文，及「孳乳寖多」之字，都有了。果眞這系統不是借自他地，而是自己創的，這眞要經過數百年乃至千餘年了。從這麼進步的一個系統中求文字之始，和從秦文中求文字之始，差不多是「以五十步笑百步」，因爲殷文、秦文中之距離還要比殷文和文字原始之距離近得多著呢。

　　中國文字本有進步成一種字母之可能，蓋形聲假借都是可由以引出字母之原動力（即以歐洲字母第一個論，A（∀）形則牛頭，讀則阿勒弗，賽米提語「牛」之義。這個象形的字後來爲人借來標一切的「阿」音，以下字母均仿此。又如楔形文字用以記亞敘里亞波斯古語者，每每一面記聲，一面附以類標，頗似中國之形聲）。或者當時沒有這層需要，又因這個非字母的文字發達到甚完備的地步，且適宜於籠罩各方的讀音，所以雖然梵文入了中國便有反切，卻不生字母（三十六字母實非字母，乃聲類而已）。這個非標音的文字（只就大體言其非標音）最初自然也是用來記言，但以非標音之故，可以只記言辭之整簡而不記音素之曲者。更因這個緣故，容易把一句話中的詞只揀出幾個重要的來記下，而略去其他，形成一種「電報語法」。又或者古來文書之耗費甚大，骨既不見得是一件很賤的東西，刻骨的鑛石或銅刀尤不能是一件甚賤的器具。不記語音之一件特質，加上些物質的限制，可以使得文書之作用但等於符信，而不等於記言。中國最早文書之可見者，是殷代甲骨文，文法甚簡。我們斷不能從這裡做結論，以爲當時的語言不複雜，因爲甚多的文法助詞及文法變化可因這種記載法省略了去。又假如殷商之際是一個民族的變化，殷周非同一的民族。不說一種的語言，周人固可把殷人的文字拿來寫自己的話，只要向殷人借用了若干文化名詞，如日本語中之音讀字，便可把這層文同語異的痕跡在千年後研究書缺簡脫者之心中泯滅了。這個可能的設定，固是研究中國最早語言的一大難題，且這樣文字的記言，大可影響到後來著述文中之公式及文法。譬如《春秋》一書，那樣的記事法，只是把一件事標出了一個目；又如《論語》一書，那樣的記言法，只是把一片議論標出了一個斷語，豈是古人於事的觀念但如《春秋》之無節無緒，古人於言的觀念但如《論語》之無頭無尾，實在因爲當時文書之用很受物質的限制，於言於事但標其目，以備遺忘，其中端委，仍然憑託口傳以行。所以事跡經久遠之後，完全泯滅，而有公羊之各種推測：話言經流傳之後，不能了解，而有「喪欲速貧死欲速朽」之直接解釋，成了「非君子之言」，須待有若爲之說明原委（此節出《檀弓》，然與《論語》「禮與其奢也寧儉，喪與其易也寧戚」應有關係）。這正因《春秋》之著於竹帛，作用等於殷人之刻事於骨片之上，《論語》之記錄方法，等於子張之書所聞於紳，紳上是寫不出長篇大論的。若我們因爲看到《論語》甚簡，以爲當時話言便如此簡，是錯誤的：第一，語言本不能如此簡，簡到無頭無尾，不知所指。第二，孟子生去孔子時不及二百年，孟子的話已經有那樣的魚龍曼衍，二百年中，並無民族的變化，語言決不會有這樣大的劇烈變化。所以戰國的文書之繁，當是由於文書工具必有新開展，竹帛刀漆之用比以前賤得多，所以可以把話語充分地寫下。若春秋時，除去王公典誥之外，是不能享受這種利益的。最初的文書因受物質的限制而從簡，這种文書爲後人誦習之故，使得後人的文言中竟模仿這一種的簡法，於是早年物質的限制，及非標音之性質，竟成了影響後人文法的大力量。試看《尚書》中比較可信的幾篇，語法甚複雜，戰國時專記語言的子家，語言也很漫長（如《莊子》中數篇及《孟子》等），只有從荀卿子起，才以誦習詩書經傳成文章，漢儒更甚，荀卿漢儒的文章在語法上是單簡得多了。這豈不是古來因受各種限制而成的文書上之簡詞，影響到後人，變爲製作的模範呢？雖直接所影響的本來不過是文言，然文言散入一般語言內之一種趨勢，隨時都有，於是這個影響以這樣的間接作用而更散入一般語言中，成爲一種使語成簡之力量。漢字雖和漢語是兩事，然漢字之作用影響到漢語，有如這樣子的（如《論語》「君君、臣臣、父父、子子」，上一詞是動詞，下一詞是名詞。又如《荀子》「信信信也」，第一字是動詞，第二字是名詞，第三字是容詞而爲「指言」〔Predicate〕）之用，如果當時人說話便把這三個字讀成一樣，恐怕沒有人懂。然書寫上既無分別，後來至少在文言中見其合同的影響。

如上所說的，我們已經可以看到，中國文學和中國文字的關係甚少，雖有不過是間接的，而和中國語言竟可說是一事。雖有時覺得文自文而言自言，但這究竟是蒙在上層的現象。文學的生命即是語言的生命，若文學脫離語言而求生命，所得盡多是一個生存而已。我們既推到這一層，則語言中有幾種要分別的事件，爲作文學定義之前提，應先敘說一下：(1)方言；(2)階級語；(3)標準語；(4)文言；(5)古文。

語言永遠在變動之中，兒女學父母到底學不全像，而口和喉又有甚多個細密而極複雜連貫著的筋肉，可以助成一套一套層出不窮的「物質習慣」。又因環境的不同，及人類處理環境之手段有進步，各族的語言都有趨於表面簡易，內涵充豐之形勢，而這形勢所由表示者卻不同路，所以百年之內，千里之間，一個語言可以流成好些方語。語言永遠是分化的，只靠交通、政治、教育來抵抗這個自然趨勢罷了。語言自己先不能成刻板樣的，再加上古往今來，各民族離而合，合而離。親屬隔遠了，弄到彼此不了解，至於兩個民族的接觸或混合尤其容易使語言作深遠的改變。若不有這幾層事實，世上哪有若許多語言？在一族中，今之所謂不同之語，在本來也僅是方言之差別而已。方言之別與語言之別本沒有嚴整的界限，我們現在解釋方言如此：一種語言循地理的分配表示差別者，而這樣差別使人感覺到語言或名詞系統上頗不相同，各為一體，然並非獨立太甚者，則這些不同的一體皆是方言。這不是一個新觀念，揚子雲之所謂方言大略亦只如此。語言之變不僅因地，亦且因人，從人類有政治的歷史以來，直到現在，把蘇俄算在內，永遠是階級的社會，雖然東風壓倒西風，或者西風壓倒東風，古今中外頗不是一個公式，不過永遠有在上層者，有在下層者。現在尋常指摘人的話沒道理，便說：那是「下等人的話」，其意若曰，上等人的話自另一樣。又如「鄉下人的話」、「買賣話」、「洋涇濱話」、「流氓話」，乃至那個又像鄭重又覺好笑的「官話」一個名詞，都顯然表示語言因人之階級而不同，我們自己說的話斷然和我們不同職業的鄰人不同。譬如，我們和一個人談上一刻鐘，差不多要知道他的職業之類別了，這都是顯然指示語言因階級而生差別的。有個西洋人說，男人的話和女人的話家家不同，這固是象徵主義的說法，然男子的話樸直些，女子的話感情的成分多些，是頗顯明的（看Jespersen所著*Language*）。又就文學史的史實說，何以詞的話和詩的話不同？挪詩中話做詞，或挪詞中話做詩，何以均不算合規則？歐陽永叔、蘇子瞻等在詩裡和在詞裡何以不說一種話？這正因為詩裡的話，是詩人奉之於先，持之於己的話，詞在原始是當年歌妓的話。歐陽永叔、蘇東坡做起詩來，是自己，做起詞來，每每免不了學歌妓的話，或者是對歌妓說的話。語言既因人之階級而不同，則不同階級的人聚在一塊兒說話。何以折中呢？於是自然有一種標準語的要求。這種標準語也許即是一種純粹的方言，並是一個階級中話，如所謂「京話」，即是北京的方言，又差不多是北京的中上流社會所說者。也許並不是純粹的方言，又不是一個特殊階級的話，而是一種就某某方言混合起來，就某某階級打通起來的話，如德國現在所謂「受過教育的德意志話」，既非維也納，又非柏林，更不能是撒克森、西南方等，只是以文學與教育的力量，造成的一種標準語：舞臺的話，教書匠的話，朝廷的話，拿來以為憑借而生者。雖然，這種標準語也自高地德意志方言出，當年且「不下庶人」，不過現在已經看不出它的方言性，並且不甚看得出它的階級性了。製造標準語之原動力，第一是政治，朝廷的話永易成為標準話。不過若一個國中統治者與被統治者異族，而統治者之族文化低，人數又少，則統治者難免以被征服者之話爲朝廷話，所以中國的「官話」，雖是清朝皇帝也用這話，究竟是明朝北方的漢話，不是滿洲話，只有太平洪天王才以「啓示」知道滿洲人造了「官話」（見他的詔書）。或者一個朝廷太不和人民接近，則造朝廷的話也不能成爲標準話，清后葉赫那拉氏和李蓮英的話何嘗有影響在宮外呢？但是，雖有上幾項之限制，統治者階級的話，總是易成標準話之根據的，所以今之普通話，在當年叫做官話。第二是宗教，如羅馬教於拉丁語，喇嘛教於吐蕃語，竟把他們的標準語加到異族身上。第三是教育，教育匠的話容易成爲標準話者，正因爲這。例如中國各地的語音，均有話音和讀音的不同，在西南各方言中，話音甚和官話不同者，讀音每每較近。正因爲話音是在一個方言中之直接傳授，讀音乃是受多數教書匠出產地的方音之影響的（如我家鄉〔山東西部〕讀無字，如wu，讀未字如wei，在說話裡如mu，未如mie，猶未隨明微二母之分，於古尙爲接近。在比較純正的「官話」區域中尙如此，其他可知）。近年來南洋的中國學校兒童能說普通話，正是此層的例證。第四是文章，漂亮的社會中所說的話，時髦的人們所說的話，容易引起人的模仿，尤其在年少的人中，所以戲劇的話，在法、德、英等國均有重大的影響，吳語中上海、蘇州兩個方言所有之名詞，也能四布，從清朝末年，吳語即有勢力了。標準語之創造者，不僅是社會的力量，也每每是個體文人之功績。人們通常知道摩李耶對近代法國語言如何重大貢獻，十八世紀晚年幾個德國大作者如何形成次一世紀的德國話，斯盆沙、莎士比亞等如何完成藝術的英國語。大詩人、大劇家、大著作者，不把語言化得不成了語言，而把語言化得既富且美，既有細度，又有大力，當時人和後人免不了把這些華表作爲典型。於是個人的話，成爲標準話了。

標準話還純然是口中流露的話，再進一層，成爲一種加了些人工的話（即是已經不是自然話），乃有所謂文言者。此處所謂文言即如德國人所謂Kunstsprache, Kunstprosa（然此處所論自當不以無韻文爲限）即是文飾之言，亦即和《易翼》中所謂「文言」一個名詞的意思差不多，並非古文，這是要預先聲明的。一個民族有了兩三百年的文學發生，總有文言發生，一面是文飾之言，一面又是著作之文，如譚摩斯登諾斯之希臘語演說，而西塞路之拉丁語演說，並不是雅典和羅馬的普通話，或標準語，而是他們造作的文言。這些都是拿來說的，所以文言還是言，然而不是純粹的言，自然的言，而是有組織的言了。又若羅馬大將軍凱撒東征凱旋入羅馬，告元老及眾人說Yeni, Vedi, Veci（「我往矣，我見之，我克之」）三言既屬雙聲，又是疊韻，這和齊梁間有人嫌床小，說：「官家恨狹，更廣八分」，連用疊韻，有什麼分別？自然流露的話不會這樣子的！大凡標準語之趨爲文言，由於四項要求：(1)音聲之和諧，所以散文裡有了韻文的規律，韻文裡更極端用聲調的布置。《詩經》的詞語本不是甚修整的，然日照丁以此發現其中很多細密雙聲疊韻及他樣音聲的和諧，詩歌本有這個自然要求的。又若沈修文對於詩要求的四聲八病，並非古文的要求，乃是文言的要求。(2)形式之整齊。字的數目要多少相當，不能長短差別太支離了，又不能完全一般長以成單調，而又要有些對仗，以爲層層疊疊的作用，若有音樂然。(3)詞句之有選擇。文言不是肯把一切話語都拿來用的，而要選擇著以合於作者自己的「雅正」。這當選擇不必是用成語，雖然在中國因爲誦書爲文之故，有這個要求，而在歐洲之文言中，每每恰和這個要求相反，把成語和俚語一體洗刷的。第四，文辭的鋪張和文飾。在自然語言中所不能下的這些工夫，在這裡邊因爲藝術化之重，可得發展，使人們覺得文自是文，話自是話者正因爲這層。這個文和話分別的感覺，在西洋近代各大國都有的，他們和中國所差者，只緣中國文中的鋪張和文飾是承漢賦駢文的統緒，範圍甚狹，而又把這個狹的範圍做到極度罷了。統括以上所說的四層，我們可以說：由標準語進爲文言，淺的地方只是整齊化，較深的地方便有同於詩歌化者，詩歌正是從一般話語中最早出來最先成就的一種藝術，一種文言。

語言變到文言還不止，還有古文一層。古文和文言的分別如下：文言雖文，到底還是言，所以人們可以拿文言作講話的資料。西塞路、凱撒、齊梁間人（如上舉例）、李密對竇建德的話（竇建德對李云：「輿論相殺事，奈何作書語耶？」）、近代薩籠中的善知識、善男人、善女子、好把話語中說成格調語（Epigrams）者，一切等等。然而古文的生命只在文書及金石刻上。雖有時也有以古文講話的，如羅馬加特力教的神父以拉丁語講話，但這樣的話實在不是和一般話語同作用的話，所以這事並不能破這例。西洋的古文每是別國古代的語言，經不少的流變而成者，亞西里亞的古文是蘇末語，拉丁文自嘉洛林朝而後漸漸成所謂「腐敗拉丁」，這樣拉丁恰是中世紀以來學者公用之古文，若把西塞路、凱撒喚活來，不懂得這是什麼話。又如蒙古的古文是吐蕃經典語，而這語又是造作來翻譯梵經的一種文言。因爲中國語言的壽命極長，在所謂禹跡九州之內，三千年中，並沒有語言的代換，所以中國古文在來源上仍是先代的文言，並非異國的殊語。然而自揚子雲以來，依經典一線下來之文章變化，已經離了文言的地步而入古文了。

以上泛說這五個重要名詞的分別，以下單說中國語言文學中這五件不同的事。

方言和階級語是不用舉例的，方言和階級語可以爲文學的工具，並且已經屢屢爲文學的工具，也是不待說的。至於標準語進而爲文言，文言的流變枯竭了而成古文，要循時代的次序去說明白。中國語最早寫成文字，現在尙可得而見者，有殷刻文，金刻文，有《尙書》。殷刻文至多舉一事之目，不能據以推到豐長的語言。《尙書》中之殷盤尙有問題，若〈周誥〉則多數可信，〈周誥〉最難懂，不是因爲它格外的文，恰恰反面，〈周誥〉中或者含有甚高之白話成分。又不必一定因爲它是格外的古，〈周頌〉有一部分比〈周誥〉後不了很多，竟比較容易懂些了，乃是因爲春秋戰國以來演進成的文言，一直經秦漢傳下來的，不大和《尙書》接氣，故後人自少誦習春秋戰國以來書者，感覺這個前段之在外。〈周誥〉既是當時的語言之較有文飾者，也應是當時宗周上級社會的標準語，照理《詩經》中的〈雅〉、〈頌〉，應當和它沒有大分別，然而頗不然者，固然也許西周的詩流傳到東周時字句有通俗化的變遷，不過〈周誥〉、〈周詩〉看來大約不在一個方言系統中，〈周誥〉或者仍是周人初葉的話言，〈周詩〉之中已用成周列國的通話（宗周成周有別，宗周謂周室舊都。成周謂新營之洛邑，此分別春秋戰國時尙清楚）。爲這些問題，現在只可虛設這個假定，論定應待詳細研究之後。「詩三百篇」最早者大約是在康昭之世（〈周頌〉之一部分和〈大雅》之一部分），最遲者到春秋中世，雖《詩經》的語法，大體上自成一系統（其中方言差異當然不免），並不和後來的《論語》、《國語》等全同，但《詩經》和《論語》、《國語》間似乎不有大界限。《論語》中引語稱《詩》很多，舉《書》頗少，雖說《詩》、《書》皆是言，究竟有些差別。《詩》在儒家教育中之分量，自孔子時已比《書》大得多了，這也許是使《書》的辭語更和春秋戰國的標準話言相違的。春秋末戰國初，始見私人著述，現在可得見之最早者，有《論語》，有《國語》（《左傳》在內，其分出是在西漢末的事，此問題大體可從「今文」說。詳論《國語》節中）。《論語》稱曾參曰曾子，大約成書在孔子死後數十年。《國語》稱畢萬之後必大（今已割入所謂《左傳》中），記事下至智伯之滅，又於晉國特詳，大約是魏文侯時人，集諸國之語而成之一書，故曰《國語》（說詳後）。這兩部書的語言，我們對之竟不詰屈聱牙了。雖然，《論語》裡還許保存些古式，或方語式的語法，如吾我爾汝之別（《莊子》亦有此別），但大體上究無異於戰國的著述中語言。雖然《國語》中（合《左傳》言）也保存了些參差和孤立語質，但《國語》既與戰國末著作無大不相通之處，且又已經是很發達的文言了。繼這兩部書而後者，如《莊子》中若干可信之篇，如《孟子》，凡是記言之篇，略去小差別不論，大體是一種話。這時節出來的書策，無論是書簡中語，如樂毅報燕惠王書，魯仲連遺燕將書，或是簡策上著錄的口說，如蘇秦、張儀、范雎等人的語言，也和《國語》、《論語》及記言的子家，是一系。戰國晚年，有了不記言而著作的子家，文言的趨勢因不記言而抽象的著作之故，更盛了，但究竟還和戰國初年著作在言語上是一緒的。這樣看來，在春秋戰國時，中國黃河流域的語言，西括三晉，東包魯衛，南乃影響到楚北鄙，中間招著周、鄭、陳、宋，已成一個大同，必有一種標準語，爲當時朝廷士大夫所通用，列國行人所共守，而著於書策上的恰不免是這一種標準語，於是文言憑借這標準語而發達。《國語》、《老子》固是文語發達之甚者，一切子家也都帶些文語的氣息，可於他們的文辭之整齊、修飾、鋪張上看出。中國的經傳多屬這個時代，所以這時代著文時所用之語言竟成了後代當作儀型的傳統語，是不能見怪的。現在把這段意思分爲下列幾個設定（Hypothesis），盼諸君讀書時留意其證據或反證：

1.〈周誥〉中所用的話，在春秋戰國著書中語言所承之系統之外。

2.「詩三百篇」中的話言，如〈國風〉大體上自應是當時的俗話；如〈小雅〉，大體上自應是當時的官話；如〈魯頌〉、〈商頌〉及〈大雅〉的大部分，自應是當時的製作中標準點，已漸有文語之趨勢。把這些略去枝節而論，並無大別於戰國初年以來著書者。

3.春秋戰國時，各國都有方言，但列國間卻有標準語，這個標準語中哪國的方言占成分多，現在無可考了。儒是魯國人的職業，孔子弟子及七十子後學者散在四方設教，或者因這層關係魯國的方言加入這個裡面者不少，也未可知。

4.《國語》是很修飾了的文言，《論語》不至這樣，但語法之整齊處也不免是做過一層工夫的。至於戰國子家以及《戰國策》所著錄的書辭，和說辭，都是據標準語而成之文言。其中文言的工夫也有淺深的不同，如《孟子》整齊鋪張，尤甚近於言，《戰國策》比較文些了，《荀子》更文，這都不能是純粹的口語，因爲在它的文辭中看出曼衍雕琢來。

5.爲什麼戰國時的著述都是藝術語（Kmnstprosa）而不是純粹的口語呢？這因爲古來的文書，除去政府語誥只是記話言，書寫之作用只是做一種傳達及遺留的「介物」外，凡涉及文書者，不論國家的辭令或個人的述作，都有「言之而文」的要求，所以在述作開端之時，即帶進了藝術化，「文言」正可解作「話言的藝術化」。

6.且不止此，春秋時大夫的口語調及國際間的詞令，也有「文」的傾向。如《論語》，「誦『詩三百』……使於西方，不能專對，雖多，亦奚以爲」，「不學詩無以言」。《左傳．僖二十三》：「子犯曰：吾不如衰之文也，請使衰從。……公子賦河水，公賦六月。」這些地方，都可看出當時在口辭也要文飾的，至於寫下的必更甚。《論語》「爲命，裨諶草創之，世叔討論之，行人子羽修飾之，東里子產潤色之」，這竟成了佳話。而屈原以嫻於辭令之故，議號令，對諸侯。所以在《左傳》、《戰國策》上所載各種的對應之辭，書使之章，有那樣的「文」氣，雖不免是後來編書者整齊之，然當時話言固已「文」甚。然則在這風氣中，諸子百家開始著作，所寫者必是一種藝術化了的語言，又何可怪？

7.漢初年的詞令仍是《戰國策》中調頭，上書者和李斯沒有什麼分別，作賦者和楚辭齊諷不能不算一氣。且西漢方言之分配仍可略以戰國時國名爲標（見《方言》），而西漢風土仍以戰國爲分（見《漢書．地理志》）。鄒陽之本爲戰國人者，可不待說。即如賈誼、枚乘，戰國氣之重，非常明顯；雖至司馬長卿，文辭仍是楚辭之擴張體；至司馬子長，著作還不是《戰國策》、楚漢、《春秋》一線下來的麼？這些仍然都是文言，都不是古文，因爲他們在文辭上的擴張，仍是自己把語言爲藝術化的擴張而已，並不是以學爲文，以古人之言爲言。即如司馬長卿的賦，排比言詞，列舉物實，眞不算少了。雖多是當代的名物，引經據典處眞正太少了。這樣的文辭，並不曾失去口語中的生命，雖然已不能說是白話（漢賦中雙聲疊韻聯綿詞皆是語的作用，不是文的作用，又長卿用屈宋語已多，但屈宋去長卿時僅及百年，不爲用古）。

8.自昭宣後，王子淵、劉子政、谷子云的文章，無論所美在筆札，所創作在頌箴，都是以用典爲風采，引書爲富贍。依陳言以開新辭，遵典型而成己體。從此話言和文辭斷然的分爲兩途，言自言，文自文。從這時期以下的著作我們標做「古文」，古文沒有話的生命。此說詳見第三篇〈揚雄章〉中。

附論語言之變遷與文學之變遷

假如語言起了重大的變化，會不會文學隨著起重大的變化呢？自然會的。且就目前的形勢而論，近年來白話文學之要求，或日國語文學之要求，實在因爲近數百年北方話中起了重大的變化，音素劇烈地減少，把些原來絕不同音的字變做同音了，於是乎語言中不得不以複詞代單詞了，而漢語之爲單音語之地位也就根本動搖了。這麼一來，近代語已不能保存古代語法之簡淨（Elegance），而由傳統以來之文言，遂若超乎語言之外，則白話的文學不得不代文言的文學以興，無非是響應語言的改變。若語言不變化到這麼大，恐怕人們以愛簡淨（Elegance）和愛承受的富有之心，決不會捨了傳統所用既簡淨又豐富的工具。文學與語言之距離，既要越近越好，即是不如此要求，也免不了時時接近，偏偏語言變化得如此，對於遺物遂有不得不割愛之勢。若不是語言有這麼大的變化，恐怕現在的白話文學也不過是唐宋人詞的樣子，詞單而質素豐富的話，讀出來能懂，又爲什麼不用它呢？說所謂官話的人，感覺國語文的要求最大，因爲官話和中世紀話太遠了，粵話之變並不如此遠，或者說粵語的人感覺這種需要也不如北方人之甚。「若是大家可以拿著《廣韻》的音說話，文言即是白話，用不著更有國語的文學。」（趙元任先生談）

假如文學起了變化，會不會影響到語言，文學影響語言只是一種「文化的影響」，這個影響是較淺的。文學憑借語言，不是語言憑借文學，所以語言大變，文學免不了大變；文學大變，語言不必大變。

成文的文學和不成文的文學

假如我們只看中國的文學史，免不了去想文學自然是文明的出產品，民族有了文字以後才有了文學的要求，愈演愈富，皆是借文明的進步供給它資料、感覺、方式和主宰力的。又假如我們去看埃及、巴比倫一帶地方早年文學的發生，也免不了覺得文學之生出於有了文字以後，先憑文字爲工具，爲記載，爲符信，而後漸漸有藝術的文辭從官家文章巫師文章中出來。那麼，我們或者要作一個結論，去說，文學是文明的出產品了。然而假如我們把範圍推廣些看，看幾個印度、日耳曼民族的早年文學，這樣子就全兩樣了。印度最早的文辭是維代詩歌，那時節白印度人尙在遷徙游牧時代，未曾有文字。這些東西雖然宗教性很大，卻已是成熟而有動盪力的文學。希臘見存文學開始於荷馬的兩篇歌詩，都是有文字以前的口中作品，寫下來是後來的事，這兩篇詩永遠是歐洲文學的一個至大寶藏，每一次的好翻譯總發生一段影響。又看北歐民族在中世紀的樣子，它們帶著好些從東北，從伊斯蘭島，從極北的芬蘭，從中歐洲的樹林，乃至從萊茵河兩岸，出來的無限神話和故事拼合起來的長詩，野蠻供給他們這些文學，文明在當年即是基督教，卻只供給它一部經，而摧滅這些文學。又看中世紀的歐洲文明尚不曾感化了野蠻人時，各地的新來人寇的北狄和本地人合起來出好些俠歌，南至義大利、西班牙、法蘭西，一律作這些義俠情愛的詩篇，基督教在當年即是文明的代名詞，並管不了他們什麼。甚至後到十七八世紀所出產的《風歌》（*Ballad*），還不都是早年野氣的遺留嗎？史詩固因文明演進早已下世，這些《風歌》也隨科學商業共和民主國而亡了，且這現象不僅限於詩歌，即如小說，像當西哥特那樣題目，近代當然也沒了。再下一世論，十八九世紀之交出來一個所謂浪漫運動，這個運動至少在德國可以清清楚楚看出來是要求返於文明以前的感覺的。甚至到了十九世紀之中年，中世野詩《矮子歌》（*Nibelungenlied*）仍給黑伯兒（Friedrich Hebbel）、易卜生（Henrik Ibsen）、瓦歌納（Richard Wagner）一個新動盪。這樣看來，豈不是大文學反是野蠻時代感覺得出產品，隨文明而消失它的大力嗎？上面兩個相反的現象，實在靠著一個民族自己發明文字與否而差別。自己發明文字的民族最初只用那文字當實用的工具，不曾用他當做書寫文學的材料，到了文字之用可以被波及記錄文學時，早年「野蠻」時代的眞文學已經亡了。而印度、希臘、北歐民族是向先進民族借來文字的，待借來的文字用到記錄這些先於文字的文學時，這些文學還不曾全散失。《周書》、《周頌》之前中國總應有些神話故事歌詞，後來隨文明而湮滅，這是自己發明文字者之吃虧處。

這樣看來，文字之施用不是文學發生的一個必要條件，前乎文字固有大文學，當有文字的期間，一切民歌故事也都在民間爲不成文的文學。

且不止此。文字發明以後，反而給大力量的文學一種打擊，使得它離去人們對於文學最自然的要求，而給文學若干的桎梏，使它作畸形發展。誠然，若沒有文字的發明，把口中的文學變做紙上的文學，若干文體是不可能的，若干文體雖可能而也不能充分發展的，文學的技術不能有我們現在所見的那樣細密的，文學的各種作用不若有我們現在所得的那樣周到的，但也不至於失去語言之自然，性情之要求，精靈之動盪，一切人們之所共覺，而徇於這些小小精巧，那些小小把戲。文字固曾給文學一個富足，然也曾向文學取去些實質，算起帳來，是得是失尚不易作爲定論。那麼我們若說文字是世間文學史上一個不幸事，雖像矛盾，或者過度，也或還成一調罷！

那些前於文字的「野蠻」文學究竟有些什麼好處？這本是些主觀的事，各人的欣賞原不同，但在這裡也不妨說我的幾句主觀話。文化只增社會的複雜，不多增加社會的質實。一個民族蘊積他的潛力每在享受高等的物質文化之先，因爲一個民族在不曾享受高等的物質文化時，簡單的社會的組織，即是保留它的自然和精力的，既一旦享受文化之賜，看來像是上天，實在是用它早歲儲蓄下的本錢而已。中國的四鄰和中國接觸無不享受文化，結果無不吃虧，只有日本人不曾吃了不救的虧，或者因爲日本人到底未曾爲中國化入骨髓。日耳曼人和羅馬人接觸，便吃了一個大虧，突厥人和東羅馬人接觸更吃了一個大虧。一個新民族，一旦震於文化之威，每每一蹶不振。若文化只能化了它的外表，而它的骨肉還能保存了他他年的「野蠻」，然後這個民族必光大。凡事皆然，文學其一。在不文時的文學中，力勝於智，重勝於巧，直勝於曲，質勝於表，鬥力者人道之厚，鬥智者世道之薄，重而直者可爲剛大，巧而曲者難有後世。人情不以文不文分，則不文時之文學固猶是這個人情，粗細卻以文不文分，則既文時之文學固然以細而失其直，以妙而失其壯，職業的文人造作上些不自然的物事，乃以微妙（此語係譯英語之Subtleties）布置之，完成之，而說這是深遠，這是精練。這樣至多可以爲《哈母烈》（*Hamlet*），固可以爲《佛斯特》（*Faust*），而不可以爲荷馬的兩大歌詩和北歐各族的史詩。這些初年文學中，人情本眞，而有話直說，鋪排若誇，而大力排盪，以神話爲靈，以不文之人性爲質，以若不自然者爲自然，人生之起伏揚落固已備，世間之波盪離合固已顯，若要說道理，說本義，便直說出來，如早年基督教畫圖。這已是大文學，又何取乎清談客室（譯「沙龍」一詞）中之妙語，精妙小小的舞臺上之巧技，以成其全？猶之乎建築金字塔者，不取乎塔影以成建築術之美，制和樂者，不模仿一切物之聲以成音樂家之備。若在文學成統，文人成業，文章成法，「文心」成巧之後，所增加者總多是些詭情曲意，細工妙技。刻工細者每失一物之輪廓，繪畫細者，每遺一像之神采，其能在後來繁雜精工的技術大海中擺脫了不相干，依舊振作不文前之意氣，不拘束於後來之樊籠者，即是天才，即是大作家。然則不特不文前之文學是眞文學，即文後之文學還不免時時返於故地，以爲精神，其能在文了的文學中保持不失不文時的意氣者，乃有最大排盪力。文學進化不是等於建築上天之臺，一往的後來居上，乃是時時要從平地蓋新屋，這平地還須最好是天然的土田，如果在一片瓦礫古蹟之上，是沒有法子打地基的。

那些在已「文明」了的社會中之不成文的文學有些什麼好處？這又是個主觀的事，各人的欣賞原不同，但我也就此說幾句主觀的話。小兒在母親和奶媽手中，最歡喜聽神話鬼話，稍大些，最歡喜父母長者講故事。更長則自己探奇聞去了。教育他的，強以例如陸士衡文、李義山詩一流的東西給他欣賞，恐怕大多數人在這樣情景之下是永遠格格不入的，很少的「可兒」漸漸上了這一套，所謂雅正的欣賞乃開始了，其實這眞是戕賊杞柳以爲桮棬，他們在先的好聽神話故事奇聞乃是眞的文學要求，無名的詩人和藝術家，十口相傳，供給這個要求，以存於一切古文、今文的壓迫之下。文學不離眾人，則文學不失其眾人之倫，文學用於赤子，則文學不失其赤子之心。原來歐洲的文學界也不留意這些東西的，及前世紀之中，哥里母兄弟始集德國一帶的家庭和小兒故事，從此各國效仿，在俄東所得的尤多且可寶，丹麥人安得生又自造些小兒故事，繼之者不止一方面。如果文人要賣弄聰明的話，何不擇這樣的地域去製作。

中國古代必不少絕好的神話故事，但現在多半只可憑《天問》、《山海經》知道些人名地名和題目而已，其中的內容久已不見，如鯀禹故事，地平天成，正是中國的創世紀，今則有錄無書，多麼可惜！

至於民間故事童話，尚有很多可搜集者。搜集固是大業，若能就故題目作新創作，也是佳事。現在的文風每是描寫中國人的劣根性，或是模仿西洋人的惡習氣，有能付給那些固有的神話故事題目一個新生命，付給那些尚在民間的童話俗語一個新運動者嗎？我醒著睡著都找它！

文人的職業

有歌曲必有歌者，有繪畫必有畫師，有文學必有文人，歌者，畫者，文人，以及一切的藝術家，雖他自己要表達客觀的境界，要說「實在」的話，但總是他自己的境界，他自己的話，這都是一個無量數方面的。物理學者雖然只有一個境界，而詩人和藝術家則因自身和環境互相反應之錯綜，有無量數之境界。唯一的然後是客觀，多方面的必定由主觀。所以談一種文學，便等於談該一種文人，拿文苑傳當作文學史看，未嘗不是，只是歷來的文苑傳都是依最形式的方法寫的，正不能借此看出這些文人的實在罷了。

一個文人的成分是無限東西湊合的，以前的祖祖宗宗好些零碎，同時的東西南北又好些零碎。姑且約略來說，第一，他是個人；第二，他是個當時的人；第三，他是個在職業中的人。第一，文可不必談，因爲太普泛了。但我們還要提醒一句，因爲文人是人，所以文學中最大的動盪力是情愛和虛榮心了；第二，我們在下一節中商量；第三，正是我們在這一節中說的。

文人的職業是因地有些不同的。譬如中國歷代的文人大多數是官吏，西洋近代的文人，好些個不過是個國王或貴族的清客相公，而大多竟是優倡或江湖客而已。他們的職業成就他們的文學。十七八世紀的文學是貴族養他，近百年中是社會養他，所以十七八世紀的書籍，每每致於貴族，量近的書每每致於他的妻和友。又如唐詩和宋詞，眞正不是一樣的風格，也不是一樣的題目。中晚唐的詩人，除韓、白幾個人以外，都是樞臣節使的掾史或清客，所以所做的詩無論是藻飾的或抒情的，自詠的或贈給人的，每每帶著些書記翩翩的樣子，現出些華貴的環境，露一點逢場俯仰的情緒。在這個情景中，我們顯然看出當時的文人不是貴族社會的自身，而是在貴族式的社會中作客。風氣先已如此了，便是眞的貴族，做起文辭來，便也不免是這個樣子了。所以唐詩在大體上說去是說客人的話，爲別人作詩的話（杜少陵大體不這樣，然李太白卻不免）。到宋朝便沒有諸侯式的方鎭了，每沒有食客做了，文人多要去做皇帝的官了，做官比做客在當時實在獨立得多，自由得多，所以用不著說話給府主聽，只由著自己的性兒，說自己的話好了。文人自成一個社會，在這社會裡文人是主人。所以像山谷後山，那類的詩，那類文人社會中的詩，絕難出現於中晚唐時府主的社會中，所以宋詩在大體上說是說主人的話，作自己的詩。舉這一個例，以概括其他無數的例。

在中國，古往今來文人的職業大略有四種，(1)史掾；(2)清客；(3)退隱；(4)江湖客。

中國文學的開頭是官的。這句話彷彿像答晉惠帝的傻問，但文學確有官的、有私的。中國的典冊高文，例如箴、銘、頌、贊、符、命、碑、志等，是官的，西洋的荷馬等是私的，近代的文學尤其是私的。官文不必即是當官者之言，只是一經沿襲一個官文的來源，便成一個官文的質實，所以歷來所謂大手筆者，所做多是些官文，這些人有的也不過是布衣的。官文的來源起於史掾，這個名詞本不很好，但一時想不出更好的來。經典時代所謂史之一職，與八代所謂掾之一職，合起來以概後世，故用這個名詞。經典時代中所謂史，八代所謂掾，皆是給人做書記的。史掾的文辭，在原始上不過是工具的文辭。不能說是藝術的文辭，但公文有時也很有藝術性，特別在中國文學史中這個情形尤其顯著。不特六朝的大文多是官文或半官文，即開中國文學史的《尚書》、《雅》、《頌》又都是官文。史掾的職業是執筆的臣僕，這個情形在最早的記載上已經看得很清楚，周代金文刻辭中常有下列一個公式：「王立中庭，呼史某冊命某為某官。王若曰。……」所以史掾說的話是別人的話，他的作用不過是修飾潤色而已。因為這樣的職業是如此，所以這樣的文章在最好時不過是「如黃祖之腹中，在本初之弦上」（汪中《弔馬守貞文》）。這個職業在漢武帝以後尤大發達，枚乘司馬相如的時代，文人的職業還只是清客，不是史掾（司馬長卿曾爲郎官使蜀，然還是清客的浪漫把戲，到王褒乃是個有秩位的官）。到王褒、谷永，文學改宗古典一派，而職業已不是客而是官；賦（此處但就京都一類之賦言）、誄、碑（私文而官氣者）、論（此處但就符命一類之論言之，如「劇秦美新」、「王命」等）、頌、贊、箴、銘等等體裁，都是在這個時候始發達官的文學，揚子雲正是古典文學的大成就，同時也是官氣文章的十足發達，《劇秦美新》之論，《十二牧》之箴，可以爲例。東漢一代的文學，除詩樂府（民間文學）及史書（工具文學）以外，幾乎皆是這一類的文，而文人也是在上則爲列大夫，在下則舉孝廉，關郎官，直到蔡邕便是這一線的最高點。魏晉六朝大手筆固然多是些國家的典制，即到了排除八代以歸秦漢之韓文公手中，如《平淮西碑》之「點竄《堯典》、《舜典》字，塗改《清府》、《生民》詩」者，看看這個大文中之衣冠禮樂氣象思路，又何嘗不是官樣文辭呢？不過散文談官話究竟沒有駢文談官話之便當，壞事說成好事，尋常事說得有風度，所以詔令制誥永遠是以駢文行之。直到了駢文的創造性早已消失之後，駢文中官文之一部尚能有花樣可翻，如宋之四六，正是好例。而宋代的散文，得有駢文包辦了官文去，自身還可免說官話，較自由些，故差有新生命了（其實宋代散文之進展依科舉者甚大，這雖然也是一種官文，而與做史掾之官文不同）。

文人的第二種職業是清客。清客也是在王庭或諸侯卿相乃至富家士族之家中供奉的。但史掾與清客有個大不同處，史掾是用自己的本領做別人的工具，清客是把自己的藝術供別人之欣賞，所以同樣是個做奴才，史掾表達的是別人，清客表達的還是自己，史掾是僚屬，清客仍不失其爲客人，史掾是些官，清客還不失其爲藝術或方術之士。

戰國時，梁朝稷下的那些先生們，大約都是些清客，其中固有專以方術見長的，也有特別以文辭見長的，例如鄒衍、淳于髡。到漢朝則梁朝與淮南朝的清客最多，果然楚辭的好尚就在這個環境中成就，歌辯的體制就在這個環境中演進。司馬長卿、東方曼倩在漢武朝中也只是清客，不能算做官，雖然不免於「主上所戲弄優倡所畜」，但究竟比執筆說官話的人可以多多自顯性靈些。中國文學的好多缺陷，每每出於文學大多不自清客或江湖客來，這是比起近代歐洲來相形見絀的。本來清客只靠諸侯及世家貴族來蓄養，專制帝王的朝廷是比較難容較有自由的藝術家的，即使容許，一個朝廷也養不了許多，且一個朝廷更難得有兩樣的風氣，而藝術風氣統一了，每每即是藝術的死症。

文人的第三種營生是退隱，退隱雖不是「職」。卻在甚多文人身上已經成了一種「業」，這一業與業官實在是一件事情的兩面，進則爲官，退則歸隱，歸隱仍是士大夫的身分。自然，隱居的人們也不全是一類，雖大多是退到林泉的，然也有退到林泉竟眞歸農的，也有是一生布衣未出過茅廬的。中國文學中甚發達的山林文學自然是這些人們成就的，這些山林文學的意境有的很是寧靜的，有的很是激昂的，眞隱士多是眞激昂的，因爲眞的隱遁，非「帶性負氣」不可，這是朱文公說對了陶淵明的話，假的隱遁也可以認識些山林中的性靈，例如杜子美誤認作高人的王摩詰之在輞川。

在中國，山林文學之發達和帝政很有關係，因爲有這樣的帝政，然後官多，然後退位的官多，然後官家子弟之在林下田間，可以憑借基業以欣賞文學者多，然後對於世務起了反感而深藏遺世者多，一統的帝政時代，清客之少，隱逸之多，當是一個原因；封建制度之下，正是相反的。

文人的第四種生活是做江湖客。江湖上的詩人文人，自古以來是很多的，只是因他們的文辭多上不了統治階級之檯面，所以我們不感覺著這些人的存在。雖時時代代多有這樣的作者，而世過代遷每每留不下多少蹤跡。敦煌石室卷子中給我們好些李陵、蘇武的故事和詩歌，而不告訴我們以它們的作者；又給我們好多唐代的小說，漢土的佛曲，都不知作者。宋人的平話雜劇，亦不知作者；元明以來的長篇小說很多不知作者，我們所見近代的一切民間文學亦不知作者。這些東西中，自然也有些是好事的官們，清閒的紳士們作的，然大多總當是在江湖上吃閒、賣藝、說書、唱故事的人們所作的。這些眾人中眞有藝術家，因爲只有他們乃是和倡優——這都是藝術家——同列的，乃不是士大夫，他們曾經以眾人的力量創造了好些大文體，如楚辭、五言、七言、詞、曲、雜劇、傳奇、彈詞、章回小說。又出產了好些有力量的文辭，例如「古詩十九首」，所謂蘇李詩、東漢樂府、唐人無名氏的詞，以及直到近代一切通俗文學中的佳作。

其實上述四類也都互有出入，我們不能指每一文人單獨的屬於某一類。這樣四種生活的交錯，有個對稱的樣子，做官和做隱士原來只是一件事的兩面，都是士大夫階級，分別只在一進一退而已。做清客和做江湖客也只是一種營生的高低，都是方技的職業，分別只在一有府主而在上，一無府主而在下而已。做官和做清客又有相同處，便是他們都在上層。做隱士和做江湖客也有相同處，便是他們都在民間。這很像一個四角形的關係。

我並不想把這一部講義寫成一個唯物史觀的文學史，且我反對這樣無聊的時髦辦法，但在討論許多文學史的問題時，若忘它的物質方面的憑借，是不能辟入的。

因文人的職業之不同，故文人的作品有的爲人，有的爲己，有的爲多，有的爲少，職業是在客位者爲人，在主位者爲己，在上層社會者爲少，在下層社會者爲多。文人和其他人一樣，焉能自脫於他在社會中所處的地位呢？

文學因時代的不同，每每即是文人的地位因時代的不同。在了解很多文學史題上，這個觀點很重要，現在姑舉一個例，即上文已經提出過的唐詩、宋詩不同之一事。

自從五言詩成詩體正宗的時候——建安——算起，文人的地位多數是在朝做侍從供奉，在外做一薄宦或靠府主爲生的。他們雖不全是這樣，然多數是這樣。這個情形，到了唐朝更甚，唐代的社會是貴族的社會，唐代的政治是在門閥手中的。中唐以來，地方割據的勢力分了中朝的政權，各節度使又每成一個小朝廷，能養清客。這時候的書生，自是書生，不像宋朝人可以隨便以天下事自任。這時候的書生正多出身清門的，然而與統治階級每不是一事。他們所處的社會是華貴的社會，而他們正多是在這樣的華貴社會中做客。譬如李白、杜甫的時代，主人自是楊家兄弟姊妹，及其環境中人乃外至嚴武等等，李白只是中朝的客，杜甫只是節度使的客。中晚唐詩人的客人生活尤其表顯這情形，直經五代不會改，因此之故，唐代詩人除杜、韓幾個大家而外，都是爲這件事實所範圍的。經五代之亂，世族社會掃地以盡，到了北宋以後，文人每以射策登朝，致身將相，所以文風從此一變，直陳其事，求以理勝者多，詩風從此一變，以做散文的手段做詩，而直說自己的話。這個轉移，慶曆間已顯然，至元祐而大成就。以前讀書人和統治者並非一事，現在差不多是一類了。以前的詩人寄居在別人的社會中，現在可以過自己的生活了。以前詩人說話要投別人的興趣，現在可以直說自己的話了，總而言之，以前的詩多是文飾其外，現在的詩可以發揮其中了。以前是客，現在是主了。社會組織之變遷影響及於文人的生活，文人的生活影響及於文章之風氣。誠然，最大家每每有超越時代的形跡，如韓昌黎的詩，在他當時是獨立的，反而下與宋詩成一線，又如陸放翁的詩，在他當時是能高舉的，反而與唐詩聯一氣，然而多數詩人總是完全受時代之支配，依環境以創作者，即此第一等之最大詩人，一經深者，仍不脫離其時代，不過占得最在前耳。世人每以爲慶曆以降之變唐風，由於范歐諸公之提倡，王蘇諸人之繼作，然若北宋中世文人的生活依舊如唐時，這提倡正未必能成立，即成立也不得發展綿長，自然不至於依舊局促於西昆諸體，然仍當是憑唐人之遺緒，在這個外範中一層一層翻些花樣而已，大前提是變動不了的，數百年之緒是不能一下子轉的，如歐陽公之〈明妃曲〉者是做不出來的。下邊對舉溫飛卿、黃魯直詩各一首，以爲這一節所說的意思之形容，我們不說這兩首詩可以分別代表晚唐、盛宋，然把這兩首詩對著看一下，看看他們的身世之不同主或客，出詞之不同內或外，境界之不同文或質，意態之不同清或醇，則時代之異，環境之別，再顯然不過。

溫飛卿〈過陳琳墓〉：

曾於青史見遺文，今日飄蓬過此墳。詞客有靈應識我，霸才無主始憐君。石麟埋沒藏春草，銅雀荒涼對暮云。莫怪臨風信惆悵，欲將書劍學從軍。

黃魯直〈池口風雨留三日〉：

孤城三日風吹雨，小市人家只菜蔬。水遠川長雙屬玉，身閒心苦一舂鋤。翁從旁舍來收網，我適臨淵不羨魚。俯仰之間已陳跡，暮窗歸了讀殘書。

宋朝慶曆以來詩雖不接唐人，而宋朝的詞反接唐人，唐人詩中的體質、情感、言語，到了北宋盛時不傳入詩，反而轉入詞，這件事實我們幾乎可以在一切北宋大家中看出的。這爲什麼，這因爲宋詩人做詞時的環境轉入唐人做詩時的環境偶似，這便是說，在華貴的社會中作客。北宋的詩人作詞還多是替歌妓做的，試著學說歌妓的話。南宋的詞人做詞便漸漸替自己做了，稱心去說自己的話。唐詩人的環境同於倡，宋詩人的地位近於儒。北宋人製詞多是臨時的解放，因而最富風趣，不說自己的職業話，而去代歌者表她自己的世界。即如歐陽公，在詩中是大發議論的老儒，在辭中香豔得溫、李比不上，豈不以歐陽公當時在詞在詩之社會的身分各不同，所以詩和詞不像一個人的話嗎？

第四講　史料論略

文學史僅僅是通史之一枝，況且談論文學史中題目，時時免不了牽涉到通史中別枝的事，已如我在〈敘語〉中所說，則我們現在說到史料問題，自然應從泛論史料之一般起。使用史料時第一要注意的事，是我們但要問某種史料給我們多少知識，這知識有多少可信，一件史料的價值便以這一層爲斷，此外斷斷不可把我們的主觀價值論放進去。譬如我們論到古代的史事，六藝和載籍和一切金骨刻文等等，都要「一視同仁」地去理會他們，如果抱著「載籍極博猶考信於文藝」的觀念，至多可以做到一個崔述，斷斷乎做不到一個近代史學者。金刻文的一字可以證《大誥》寧王之爲文王，骨甲刻文的一字可以辯《史記》王振之爲王亥，實在「後來居上」，何曾「於古爲近是」。我們有時借重古人的某說，多半由於他們能見到我們已經見不到的材料，並不由於我們相信他們能用我們的方法，因此我們才要「一視同仁」，誰也不能做「大信」（歐陽修不信文王稱王事，曾說「孔子之書，天下之大信也」，其實能細讀《詩經》即不能更信事殷之說）。我們既不可以從傳統的權威，又不可以隨遺傳的好尚。假使一個桐城派的古文家寫文學史，或一個文選學家寫詩史，必然千部一腔，千篇一面，都是他們自已欣賞的東西，而於民間文學體制之演成，各級文學作品所寄意之差異，等等題中，所用之材料，不會去搜尋，即遇著也不會睬的。以這樣方法所寫成的文學史，也許在聰明人手中可以自辯著自負他的好尚之雅正，但究不是公正的使用材料而造成之史學的研究。總而言之，「別裁僞體親風雅」，斷斷乎不是對付史料的態度。

史料可以大致分作兩類：(1)直接的史料；(2)間接的史料。凡是未經中間人手修改或省略或轉寫的，是直接的史料；凡是已經中間人手修改或省略或轉寫的，是間接的史料。《周書》是間接的材料，《毛公鼎》則是直接的；《世本》是間接的材料（今已佚），卜辭則是直接的；《明史》是間接的材料，明檔案則是直接的，以此類推。有些間接的材料和直接的差不多，例如《史記》所記秦刻石；有些便和直接的材料成極端的相反，例如《左傳》、《國語》中所載的那些語來語去。自然，直接的材料是比較可信的，間接材料因轉手的緣故容易被人更改或加減，但有時某一種直接的材料也許是孤立的，是例外的，而有時間接的材料反是前人精密歸納直接材料而得的，這個都不能一概論斷，要隨時隨地地分別著看。整理史料是件很不容易的事，歷史學家本領之高低全在這一處上決定。後人想在前人工作上增高：第一，要能得到並且能利用的人不曾見或不曾用的材料；第二，要比前人有更細密更確切的分辨力。近年能利用新材料兼能通用細密的綜合與分析者，有王國維先生的著作，其中甚多可爲從事研究者之模範；至於專利用已有的間接材料，而亦可以推陳出新找到許多很有關係的事實者，則爲顧頡剛先生之《古史辨》諸文（多半尚未刊印）。這些都可以指示人們如何運用已有的史料和新見的史料。

古代文學史所用的材料是最難整理最難用的，因爲材料的眞僞很難斷定，大多是些聚訟的問題。原來中國人之好做假書——就是製造假材料——是歷代不斷的，若大家認爲最多出產假書的時期，由漢到今約四個：(1)西漢末年，即所謂古文學；(2)魏晉間；(3)北宋的盛時，政府收書；(4)明朝晚年，學士又有一番託古的習尙。就這四種去論，明朝的作僞是不能欺任何人的，北宋的作僞也沒有大關係（如今本《竹書》、《文中子》等），魏晉間作僞的大成績如《僞孔尙書》、《孔子家語》，已爲人辨別清楚的了；西漢末年的大作僞；也有近代所謂今文學家一派人的辯論，康有爲的《新學僞經考》就是這一辨僞題目中之大成，雖然其中過了度，太粗疏的地方很多，但這件事實的大概可知道。不過六經以外載籍諸子等等的考證，分析材料的考證，從來甚少；即如《莊子》、《墨子》等常讀的書，至今沒有整理好，而西漢時傳下的一切經傳的材料（今文的）至今尙很少人做工夫。經傳裡邊明明有許多是漢朝的成分，如《孝經》中所說的天子諸侯都是漢家的天子諸侯，都不是周王和春秋戰國間的諸侯

（說詳後。今舉一例，《孝經．諸侯章》云：「在上不驕，高而不危；制節謹度，滿而不溢。高而不危，所以長守貴；滿而不溢，所以常守富。」此種觀念至早不能上於漢文帝。春秋戰國諸侯之地位不能引出此種議論）。《論語》中有類似讖緯的話（如「鳳鳥不至，河不出圖，吾已矣夫！」），《易經》和三家詩僅是漢初的寫定本（三家詩文已與《論語》所引不同），而《公羊傳》之著竹帛，反較《春秋繁露》後幾年，伏生二十八篇以《秦誓》爲尾，想是由於伏生做過秦博士。今文的經傳既然給我們些漢朝初年的色彩，至於大、小《戴記》之大多部分爲漢儒做作的，更不待說了。在這樣情形之下，我們如不把這些漢代的空氣分別清楚，便不能使用這些材料去寫周代的文學史。

近年來有一個極不好的風氣，大家好談先秦的事物，所謂先秦的書原不多，易於讀完。所以大家下筆，先秦這個，先秦那個。但我們敢自信這些所謂先秦的材料果眞是先秦的材料嗎？我們何不看看這些材料是怎麼樣出來的呢？

一種書因時代而生變改，在後來印書時代較難，在中世手抄本時代尚易，在簡書時代，「父子相傳」即可改易，至於口傳許久後來再著竹帛之容易變動，更不待細論即明白（其實韻文之口傳甚能保守古語，如《鄂漠長歌》、《維陀》皆然。然《公羊傳》一類之口傳，則難能保守也）。所以雖是漢初年給我們的先秦材料，我們也要於用它時謹愼的。古來著書艱難，一簡不過幾十字，一部書便是一個產業，雖以「惠施多方，其書五車」，如用現在的印刷法印成，未必便是一部大書。著述愈難，則著述和傳授更多是有所爲而爲，「與時進止」是不可免的，固守最初面目是難的。

中國何時才有著作呢？無論今文或古文都告訴我們說，著作開始是很早的，但我們以文書材料上看來，西周只有官書和迷信書（《易爻》）流傳，《論語》以前，不見有私家記言的文，而《論語》也但記一段語的扼要處，如標目摘由樣，也很可看出私家多多書寫之不容易。若《孟子》一流的書已很充暢豐長的了，但仍然是記言，且許多是後來追記。只到荀卿、呂不韋、韓非，才整篇的著作，系統的著作《史記》上有明文。但這風氣方才開始，焚書的劫運就來了。那麼，焚書於書失傳上是很有貢獻的嗎？不過我們要知道，戰國秦漢人們的書和他們的職業是一事的；陰陽、刑、名、縱橫乃至儒、墨，都是家傳師授的職業，焚書未必使書絕，而秦之擯退方士（方士本是一普遍名詞，治方術者，皆是方士，後來遂爲齊東一派所專用）。楚漢戰爭，和漢初年黃老儒術之遞相消長，是眞眞使一切學者（方士）失業的。書以人之失業而失傳，家（今云派）以人之失業而亡家。古代的載籍消失必是秦漢之際一直下來漸漸成的，斷非秦始皇帝能突然使它大亡特亡（《列國紀》已不傳民間，自然可以焚的方法亡之）。對於這一點，古文今文是最不同的。在今文浸潤的漢武帝詔書上，只能說到「禮壞樂崩，朕甚閔焉」，古文家便於其上加上一句「書缺簡脫」以便自己的議論。雖然古文家時時故意把漢初年書亡缺事說得淋漓盡致，以便售自己的假古董，而今文家自信一孔之爲大全，也太陋了，甚至愚到說伏生二十八篇比二十八宿，後得《大誓》如拱北辰，多一篇不可，少一篇不能。「向壁虛造」的態度固不可，而「挾恐見破之私意」亦不應該，古文智而誣，今文愚而陋。我們將來要一部一部的把今文傳經整理過，一以閻氏對付梅傳之考訂法對付之，等到可信者顯然可信，存疑者存疑，然後可以大膽地用這些材料，以討論文學史題。

現在我們斷不定秦漢之際古代文學史的材料亡佚多少，但我們看得出古史料中，有甚多，經秦而秦文，入漢而作漢語。漢儒以秦文寫六經，是爲古文派所甚詬病的。誠然，以轉譯的緣故，使得古字錯認了（如文王之誤爲寧王），是於解經上有很大危險的，更可促成「信口說而背傳記，是末師而非往古」的毛病，不過這層於我們應用這些做史料上沒有什麼很大關係。至於號稱古代材料中有些漢朝話，乃眞正要不得。不幸事實偏如此，不特經解是漢朝人的思想（如三家《詩》、《公羊》、《春秋》），《戴記》多少篇後人堅信爲春秋晚年戰國時期的，實在一望即知其是漢朝作品，即《論語》、《孝經》也有不少漢朝話，伏生書中之《虞夏商書》恐怕大多數是戰國作品，《大傳》固是爲這樣子的書作的，這樣子的書也未始不是爲《大傳》前身的思想作的。我們現在所據的古代史的材料（文學史自括在內）是漢初儒者給我們的，而漢初儒者又這樣的不濟，古今辨不清白，遺傳的和自己的不分別，即今未存作僞的目的，學問的不濟已經足以壞事而有餘。略舉兩事，司馬遷謂學者（漢初傳文獻給我們的學者）多謂周公東都洛邑（見《周本記贊》），而在《五帝本紀》上說「學者多稱五帝尚矣」，是則當時的「學者」，於宗周成周不知何所別指，於東周西周不知何所取義，而於五帝之荒唐，談得津津。這是配傳史料的人嗎？漢文命博士集古制，遂有了《王制》，這本書把方塊的想像和迂腐拼得整齊，其愚和其存史料之少，反比更後百年作僞的《周官》不如。近代的文學派以漢初爲正，其實漢初儒家何曾高明到哪裡去，尤其缺乏的是歷史觀念，是很敢於自作古始，反去說是述而不作的。總而言之，漢初儒者不是能夠做到正確的傳史料的人：我們要去考核他們，不能便去依賴他們。

漢初儒者（他們並不自號曰今文，「今文」一詞乃是後來自號爲古文者加他們的）眞正弄不出多少作爲來。一經分了好幾家，一家分立好幾博士，相攻不休，誰都不能爲正。這全然顯出末學支離的樣子，給人一個不滿足。儒者的大題目，特別是中人主嗜好的，如禮、樂、封禪等等，都不能做統一的決定。末師無學，幾乎文義不能通順，而又以師傳拒更正。又加上些時代的迷信，愈趨愈向產生緯書的一路走：有這麼多的毛病，哪得不起反動？武昭以來立的博士多得很，有人能傳一家經傳便是子子孫孫的飯碗，一經博士可以數家並立，一家博士可以數人並立。上頭鼓動人作僞，下頭鼓動人分化。所以略受公羊家傳者，便可造穀梁；略受三家《詩》任何之一者，便可造毛氏；其始無非去泰去甚，有時以平庸正文字，以謹愼去些「非常異義可怪之論」（漢儒的論時代話）。今文入了膏肓，使人生異途的思想，政府續設博士，使人啓利祿的願心，這焉得不出別派的經學？所以不必到了劉歆那宗有大力量的人之手中，《尙書》已經屢屢鬧著出新樣，天子諸侯卿大夫之「漢家」禮制，已經愈出愈多，又自己說比後蒼爲愈，「魯國申公趙國貫公膠東庸生」自是些應時的產物。

劉歆有思想，有材料（與父向同校祕藏），有地位（據此祕藏），遂集合當時的零碎小反動，成一大反動，有終有始，有本有末，並且續了《史記》，這是亂了武帝時經學面目之最好記載。古文自比今文合理性些，或者這反動是思想上的進步，至少也是別開生面，但於史料學上卻更添若干的蒙障，紊亂了許多史事，添入了許多自己的理想，損壞淆混了許多歷史材料。尤其可恨的是把一部完全和齊魯儒學（漢初儒學盡自齊魯）不相干的晉人著作（《國語》），一部最好的史料，割裂得體無完膚。多少古代史料，遭漢儒之愚，和新儒之僞，弄得一塌糊塗。在未整理之前，我們沒有權利去用他們！

譬如我們現在論列狹義的先秦文學，最重要的自然是《詩經》、《國語》（《左傳》算在內）、《楚辭》三部書。就這三部書論。《詩》只傳毛本，並武帝時三家的面目亦不見；《國語》弄得七錯八亂，一部絕好的古代史料白白糟蹋，一部純粹的記傳說的文學弄得割裂添補到無從復原的地步；而《楚辭》乃並不是《漢志》著錄的樣子，而是王逸章句本，是更後的了。我們要用先秦的材料，而這些先秦的材料是漢人轉手送給我們的；偏偏這些漢人又不客觀，以他們的主意去取、整齊、添補，更文字，造章句。我們若不先看看這層遮蔽的雲有多深，能即用這些材料嗎？但經傳還是幸運的，因爲漢儒注意這些，所以我們於史中見他們的辯論，還可以略知當時的面目，到於諸子載籍，現在所見，至早是由於西漢末年《天祿石渠》校書定本出，校書者的意見、嗜好、判斷，乃至作僞，便是這些書的命運。且隨便舉幾個例，劉向敘他所校《戰國策》書錄曰：

> 所校中《戰國策》書，中書餘卷錯亂相糅莒，又有國別者八篇少不足。臣向因國別者略以時次之，分別不以序者以相補，除複重，得三十三篇。本字多誤脫爲半字，以趙爲有，以齊爲立，如此字者多。中書本號或曰國策，或曰國事，或曰短長，或曰事語，或曰長書，或曰修書。臣向以爲戰國時游士輔所用之國，爲之策謀，宜爲《戰國策》。

後來的一個編輯者對於原材料難得有這麼大的權力。又如《墨子》分上中下三篇者，顯然是三個不同之本，《天祿石渠》校書人分裂爲三篇；《墨子》前七篇那樣雜糅儒家、道家思想，且竟有「寡不敵其所長，故曰太盛難守也」一類與墨家思想恰恰相反的話，還不是校書者故意編造的嗎？《荀子》之編定自然也出自《天祿石渠》：〈勸學篇〉亦見於《戴記》，不知究竟是何時作的，何人作的。至於《莊子》現存本成立更後了，是向秀、郭象的定本，篇數和《漢志》都不合，其中竟有「六經」「西方聖人」等名詞，顯然是很後的了，而《齊物論》是愼到、田駢的書，大家日日讀〈天下〉篇而不察覺。秦漢之際，方術家言不絕，並無所謂「古代哲學中絕」一件事，這可於《史記》、《漢書》上見出。當時甚多人傳授這學傳授那學：墨家在漢文時還是顯學，武帝所罷黜之百家多是戰國方術之績，所以現存子家材料哪些是周，哪些是漢，甚爲難定，黃老刑名一流書中，即如《韓非子》，也是一部總集。我們在未審定這些材料之時代以先，是不能自由使用的！

材料在漢朝經了改變，還有一個原因，即是注家的貢獻。家學以陋而錯認文字或誤寫，通學以泛而獨斷乃居上。刻石經、作箋注，都是可把後來的意見爲斷的。姑舉一例，鄭康成以《古論語》改《魯論語》，《古論語》或是一段「向壁虛造」的故事，自然也有以常識修正其文字之處，不過有些改得太遷就自己的趨向了，便損壞了史料。且舉《經典釋文》所著錄改處如下：

〈學而篇〉：傳不習乎？　鄭注云：魯讀傳爲專，今從古。

〈公冶長篇〉：崔子　魯讀崔爲高，今從古。

〈述而篇〉：吾未嘗無誨焉。　魯讀爲悔字，今從古。

又：五十以學易。　魯讀易爲亦，今從古。

又：正唯弟子不能學也。　魯讀正爲誠，今從古。

又：君子坦蕩蕩。　魯讀坦蕩爲坦湯，今從古。

〈子罕篇〉：冕衣裳者。鄭本作弁，云：魯讀弁爲絕，今從古，〈鄉黨篇〉亦然。

〈鄉黨篇〉：下如授　魯讀下爲趨，今從古。

又：瓜祭　魯讀瓜爲必，今從古。

又：鄉人儺。　魯讀爲獻，今從古。

又：君賜生。　魯讀生爲牲，今從古。

又：車中不內顧。　魯讀車中內顧，今從古也。

〈先進篇〉：仍舊貫。　魯讀仍爲仁，今從古。

又：詠而歸。鄭本作饋，饋酒食也。　魯讀饋爲歸，今從古。

〈顏淵篇〉：片言可以折獄者。　魯讀折爲制，今從古。

〈衛靈公篇〉：好行小慧。　魯讀慧爲惠，今從古。

〈季氏篇〉：謂之躁。　魯讀躁爲傲，今從古。

〈陽貨篇〉：歸孔子豚。鄭本作饋，　魯讀爲歸，今從古。

又：古之矜也廉。　魯讀廉爲貶，今從古。

又：天何言哉！　　　　　　　　　　　　　　魯讀天爲夫，今從古。

又：惡果敢而窒者。　　　　　　　　　　　　魯讀窒爲室，今從古。

〈微子篇〉：已而已而，今之從政者殆而！魯讀期斯已矣，今之以政者殆。今從古。

〈堯曰篇〉：孔子曰：不知命，無以爲君子也。魯論無此章，今從古（以上出《經典釋文》）。

這樣子的校改，其中自然有些不過是文字的變異，但也有幾節竟關係思想制度，而「加我數年」一節，竟是大作僞的改字；若是沒有《經典釋文》給我們留下一個「校勘記」，我們竟很難對付孔子贊《易》那件事。雖然《周易》出來很後，孟荀及戰國子家、漢初儒者均不及見，而《論語》上這一句，兼者《史記》的竄入文，若不是我們現在尚有這個痕跡可求，便又成一段不決的疑案。

我們現在對於古代的文籍，只能見到一個附注而行的本子，這注家便是章句之定訂者，文字異同之獨斷者。我們於《詩》於《禮》只有鄭，於《論語》，只有何（鄭本已殘），於《山海經》只有劉校郭注，於《莊子》只有向郭注本，如此類推，至多不過《天祿石渠》所校文，不幸乃多是漢末魏晉的定本。在這樣「文獻不足」的情景之下，切切不可以據孤證而發長篇議論，因爲後來若果發現一個刻文，或旁證，可以使一個很美的推闡，全幅落地。尤其不可望風捉影，於史料殘缺的空隙中補上了許多。

現在人好談古東西，因爲古代存書少，讀遍不難，所以覺得容易，但我們正因爲存書少，書中更有無限數的問題，讀明白了極難，所以覺得談古代東西最難。現代人對於先秦的文獻大略可分爲三個態度：一種人信一切材料，以爲都是眞的，都要用的，我們借呼這類爲「墨守」。又一種人據虛無的事實，作放蕩的空論，先秦這個，先秦那個，一片的捕風捉影之談，這是病入了膏肓的。還有些較好的，能辨別古文之僞，但也不知今文只是前些，也不便是信史的材料：或者於辨別史料上也很能不拘成說，但究不敢充分的考正，這樣好比廢疾。我們應該於史料賦給者之外，一點不多說，史料賦給者以內，一點不少說，不受任何傳說觀念的拘束，只求證，不言疏，這樣然後可以「起廢疾，箴膏肓，發墨守」！

第五講　論伏生所傳《書》二十八篇之成分

六經問題之艱決者，無過於《尚書》。《春秋》一經現在尚可見三傳之文；《詩》雖僅存毛學，然三家異文尚遺留不少，且三家之解說雖不同，章句實無大異。最不得頭緒者算是《尚書》了。但就漢代論，《詩》、《論語》、《老子》在文帝時立博士，《春秋》在景帝時立博士，《書》在建元間始立歐陽一家之博士（以上分見《史記》、《漢書》兩《儒林傳》，及劉歆上太常博士書），曾不多時，便鬧《大誓》，鬧所謂孔安國所獻河間獻王所好之孔子壁中書，又有張霸之百兩篇，杜林之漆書，鬧個不休；東晉梅氏書行世之後，直到明清人始認清楚其爲僞書（疑東晉古文者，應以朱子爲始，孔穎達亦略表示懷疑之態度）更牽連到王肅。今所見之本子不特不是西漢今文，且並不是馬鄭，且並不是梅氏原文字，且並不是隸古定本，而是唐開成之石本。今雖有敦煌書寫本殘卷使我們上溯到隸古定本，又有漢魏石經殘字使我們略見今古文原來面目之一勺，有毛公鼎等使我們略知冊誥之體式，有若干彝器款識使我們校訂《尚書》中若干文字，然如但顧持此區區可得之材料，以解決《尚書》問題之大部分，頗爲不可能之事。本文但以分解伏生二十八篇之組成爲題，其實這個題目也是極大的，現在只寫下其一部而已。

所謂伏生二十八篇者，究竟是否全是伏生所傳，或與伏生所傳小有異同，今不易斷定，然此二十八篇，合以《大誓》，總可說是漢朝景武時代《尚書》面目，所以現在可以這二十八篇爲對象去分析之。此二十八篇去孔子時所見《書》之面目已遠，在這一點上是與《詩》大不同的。《詩》之稱「三百」在孔墨時已成習語，而《論語》所引《詩》大致與今所見差不多；若《書》，則《論語》所引除不相干之〈堯曰篇〉以外，〈高宗亮闇〉見於〈無逸〉，而〈孝於惟孝〉不見今存二十八篇中。又《左傳》一書所用之材料甚博，他所引書頗可代表當時（即春秋戰國之交）流行之《尚書》，《左傳》引《詩》幾乎全與今所見之三百篇合，其所引《書》除〈盤庚〉、〈康誥〉等以外，幾乎全在今所見之二十八篇之外。從此可知三百篇之大體至少在孔子前後一時代中已略成定形，而《書》之篇章各時代不同，且恐春秋戰國時各國中所流傳之《書》亦皆不同。《左傳》之引《書》已證明如此，《呂氏春秋》之引《書》亦證明如此，《呂氏春秋》所引除〈洪範〉外，幾皆不在二十八篇之內。

此二十八篇不能當做一個系統看。不特宋儒多如此說，即文章家如揚子雲、韓昌黎等亦都有這個觀念。〈虞夏書〉之「渾渾」，〈殷盤〉、〈周誥〉之「詰屈聱牙」，顯然不是在一類中的。朱子能以東晉梅賾書之號稱古文反易了解斷其可疑，乃不能以堯典禹貢之號稱〈虞夏書〉，反比〈周誥〉的文辭近乎後代斷其可疑，正由於時代環境所限，不可徹底地想下去。東晉古文辨僞之工作早已完成於閻、惠二君之手，當今所宜究治者，爲此二十八篇究是何事。

今寫此二十八篇之目如下並試爲分類。

〈堯典〉 一、周誥 〈大誥〉

〈皋陶謨〉 〈康誥〉

〈禹貢〉 〈酒誥〉

〈甘誓〉 〈梓材〉

〈湯誓〉 〈召誥〉

〈盤庚〉 〈雒誥〉

〈高宗肜日〉 〈多士〉

〈西伯戡黎〉 〈毋逸〉

〈微子〉 〈君奭〉

〈牧誓〉 〈多方〉

〈洪範〉 〈立政〉

〈金縢〉 〈顧命〉（〈康王之誥〉）

〈大誥〉　附〈文侯之命〉
〈康誥〉二、魯書　〈金縢〉
〈酒誥〉　〈費誓〉
〈梓材〉三、宋述商書　〈盤庚〉
〈召誥〉　〈高宗肜日〉
〈雒誥〉　〈西伯戡黎〉
〈多士〉　〈微子〉
〈毋逸〉四、外國書　〈呂刑〉
〈君奭〉　〈秦誓〉
〈多方〉五、三誓　〈甘誓〉
〈立政〉　〈湯誓〉
〈顧命〉〈康王之誥〉　〈牧誓〉
〈費誓〉六、東周述古所作之典書
〈呂刑〉　〈禹貢〉
〈文侯之命〉　〈洪範〉

〈秦誓〉七、所謂虞夏書　〈堯典〉

上舊傳之篇第　上試分之次序　〈皐陶謨〉

一是〈周誥〉類：如上所表，第一類爲〈周誥〉，自〈大誥〉至於〈顧命〉，合以〈文侯之命〉凡十三篇。此正所謂「詰屈聱牙」之文辭。文式語法皆爲一貫，此眞一部《尚書》之精華，最爲信史材料。我們現在讀這幾篇，其中全不可解者甚多（曲解不算），不能句讀者不少，其可解可句讀者不特不見得「詰屈聱牙」，反而覺得文辭炳朗，有雍容的態度，有對仗的文辭，甚且有時有韻，然則今日之不能盡讀者，與其謂當時文辭拙陋，或謂土話太多，毋寧歸之於文字因篆隸之變而致誤，因傳寫之多而生謬，因初年章句家之無識而錯簡，淆亂，皆成誤解。且彼時語法今多不解，彼時字義也和東周不全同，今人之不解，猶是語學上之困難也。即如〈大誥〉中，「寧人」「寧王」之「寧」字，本是「文」字，乃以誤認篆文而誤，以致〈大誥〉本爲文王歿武王即位東征之誥者，遂以此字之誤，解作周公成王之書。吳大澂曰：

書文侯之命，「追孝於前文人」。詩江漢，「告於文人」。毛傳云：「文人，文德之人也。」濰縣陳壽卿編修介祺所藏兮仲鐘云：「其用追孝於皇孝已伯，用侃喜前文人。」積古齋鐘鼎彝器款識追敦云：「用追孝於前文人。」知「前文人」三字爲周時習見語，乃大誥誤文爲寧，曰：「予曷其不於前寧人圖功攸終。」曰：「予曷其不於前寧人，攸受休畢。」曰：「天亦惟休於前寧人。」曰：「率寧人有指彊土。」「前寧人」實「前文人」之誤，蓋因古文文字，從心者，或作，或作，或又作。壁中古文〈大誥篇〉，其文字必與寧字相似，漢儒遂誤釋爲寧。其實〈大誥〉乃武王伐殷大誥天下之文，「寧王」即「文王」，「寧考」即「文考」，「民獻有十夫」即武王之「亂臣十人」也。「寧王遺我大寶龜，」鄭注，「受命曰寧王」，此不得其解而強爲之說也。既以「寧考」爲武王，遂以〈大誥〉爲成王之誥，不見古器，不識眞古文，安知寧字爲文之誤哉？

雖傳〈大誥〉爲周公相成王時之誥，今乃以寧字之校定，更生此篇之時代問題，此問題今雖未能遽定，然〈周誥〉若干篇中待金文之助，重作校定工夫，可借此啓示。阮芸臺諸人每每強以《詩》、《書》中成句釋金文，今當以金文中字句訂《詩》、《書》之誤字也。自〈大誥〉以下至於〈顧命〉十二篇，皆武王（或成王）或康王時物，除〈無逸〉稍有若經後人潤色之處外，此十二篇文法上在一個系統中。

〈文侯之命〉一篇雖也可以放在這一類中作附庸，然文體詞義皆與此十二篇不是一類，疑是戰國時出土或流傳忘其來源之彝器銘辭，解者按其詞氣以晉文侯仇當之（《書》序）或以文公重耳當之（《史記》），其歸之晉者，或出土在晉地（然此不足證此篇爲晉物，魯取郜大鼎於宋一事，可以爲證），而平王東遷及襄王奔鄭正合於所謂「閔予小子嗣，造（遭）天丕愆，殄資澤於下民，侵戎我國家」。唯此篇開頭便說「父義和」，文侯仇不聞字義和。王引之曰：

> 古天子於諸侯無稱字者。〈唐誥〉、〈酒誥〉、〈梓材〉三篇「王若曰：小子封。」「王曰：封。」定四年《左傳》引《蔡仲命書》云：「王曰胡。」又引《踐土之盟載書》云：「王若曰：晉重、魯申、衛武、蔡甲午、鄭捷、齊潘、宋王臣、莒期，皆稱其名，其他則稱伯父、伯舅、叔父、叔舅而已，未有稱字者也。或以義爲字，或以義和爲字，並當闕疑。」（《經義述聞》卷二十三）

此篇全無記事之上下文，除篇末無「對揚王休用作寶彝」一套外，全是一篇彝器銘詞之體，其文辭內容又絕與師訇敦、毛公鼎同，然則淵源當亦不二致。宋代出師訇敦，清代出毛公鼎，漢時山川多出鼎彝（見《說文》序），則戰國時當有此樣出土之先例，果「文侯之命」出土地爲晉，則當時發讀文字者，自然依文中所說之情景想到翼侯仇或絳侯重耳矣。

此若干篇〈周誥〉在當時是如何出來的，可以《左傳・定四年》所記祝佗語爲證：

> 昔武王克商，成王定之。……分魯公以殷民六族……命以「伯禽」而封於少皞之虛。分康叔以……殷民七族……命以「康誥」而封於殷墟。……分唐叔以……闕鞏，沽洗，懷姓九宗……命以「唐誥」而封於夏虛。

今〈伯禽〉、〈唐誥〉兩篇皆不見（〈伯禽〉爲篇名從劉焯說），而〈康誥〉猶存。然則〈康誥〉正是派康叔到殷故都衛地以建國時之教令，給他的一個「政治工作大綱」。其〈酒誥〉等篇雖或不如〈康誥〉之重要，也是同樣的教令。這樣的教令至少在王之冊府與受詔諸侯之冊府中都要保存的，或者以其重要之故分布給其他諸侯，而受此誥者容或鑄於彝器上。周朝彝器上鑄文章是較普遍的。《左傳》記子產鑄刑書，散氏盤記割地的條約，留鼎記訟事，小盂鼎記俘獲，其他記爭戰來享，記禮儀之彝器，尤不可勝數，然則不特〈康誥〉等可得鐫於彝器上，〈大誥〉顧命一類赴告之文，亦未嘗不可鐫以垂記念。且此項誥語竟成爲周代貴族社會中之教科書，《楚語》記下列一事：

莊王使士亹傳太子箴辭。……王卒使傅之。問於申叔時，叔時曰「教之春秋，而爲之聳善而抑惡焉，以戒勸其心；教之世，而爲之昭明德而廢幽昏焉，以休懼其動；教之詩，而爲之道廣顯德，以耀明其志；教之禮，使知上下之則；教之樂，以疏其穢而鎮其浮；教之令，使訪物官；教之語，使明其德，而知先生之務用明德於民也；教之故志，使知廢興者而戒懼焉；教之訓典，使知族類行比義焉」。

所謂《春秋》、《詩》、《禮》、《樂》可不待解，世即後世所謂《世本》，語即《國語》一類之文書，所謂令所謂訓典當即《語書》之類。熟知掌故以爲出辭從政之具，是春秋時之風氣，可於《左傳》中明白看出。我們比較一下，則對於《周誥》諸篇，不特可以想到它如何出來，寄託於如何之物質上，且可知其緣何流傳於後來也。

說到這裡，或者要問，〈周誥〉的文辭是周王說話的本質呢，還是史官修飾了的文辭？我們可以直率回答，〈周誥〉中的話，雖然不全是一篇一篇的官樣文章，然而史官的貢獻也很不少了。試以文侯之命，毛公鼎、師訇敦比較一下，看此項文字竟有定式，試讀〈周誥〉各篇中的文辭，其可解者每是很有修辭力量的文辭，而稱今道古，像有一個歷史哲學，威儀棣棣，叮嚀周至，不是一個直截的態度。在當時的統治者都是戰士，焉能說這樣文學的話？且當時的文學字本是一種專門之業，所以王如用到文字，總須「呼史某冊命」，「朱批上諭」是做不了的。今抄〈康誥〉、〈召誥〉、〈無逸〉各一段，以見所謂美術散文進化至此時之地步，此地步去吐辭茫昧之時代已遠得很了！

〈康誥〉一節：

王若曰：孟侯，朕其弟小子封，惟乃丕顯考文王，克明德慎罰，不敢侮鰥寡，庸庸，祇祇，威威，顯民，用肇造我區夏。越我一二邦，以修我西土，惟時怙冒，聞於上帝。帝休，天乃大命文王，殪戎殷。誕受厥命。越厥邦厥民惟時敘。乃寡兄勖。肆汝小子封。在茲東土。王曰：嗚呼！封。汝念哉！今民將在祇遹乃文考。紹聞衣德言。往敷求於殷先哲王。用保乂民。汝丕遠。惟商耇考成人。宅心知訓。別求聞由古先哲王。用康保民。弘於天。若德裕乃身不廢在王命。

〈召誥〉一節：

我不可不監於有夏，亦不可不監於有殷。我不敢知曰：有夏服天命，唯有歷年。我不敢知曰：不其延惟不敬厥德，乃早墜厥命？我不敢知曰：有殷受天命，唯有歷年。我不敢知曰，不其延惟不敬厥德，乃早墜厥命？今王嗣受厥命，我亦惟茲二國命嗣若功，王乃初服。嗚呼！若生子，罔不在厥初生。

〈無逸〉一節：

周公曰：嗚呼。我聞曰：昔在殷王中宗，嚴恭寅畏，天命自度，治民祇懼，不敢荒寧。肆中宗之享國七十有五年。其在高宗時舊勞於外，爰曁小人，作其即位，乃或亮陰，三年不言，其惟不言，言乃雍。不敢荒寧，嘉靖殷邦，至於小大，無時，或怨。肆高宗之享國五十有九年。其在祖甲，不義惟王，舊為小人，作其即位爰知小人之依，能保惠於庶民，不敢侮鰥寡。肆祖甲之享國三十有三年。自時厥後，立王生則逸，生則逸，不知稼穡之艱難，不聞小人之勞，惟耽樂之從。自時厥後亦罔或克壽，或十年，或七八年，或五六年，或四三年。

第二類是魯書。這一類中有兩篇：(1)〈金縢〉；(2)〈費誓〉。相傳為伯禽伐淮夷之誓，其文近於〈周誥〉而無深義。〈金縢〉一篇必不是與〈大誥〉、〈康誥〉等有同樣價值者，此篇文體全與〈周誥〉不類。〈顧命〉一篇中雖陳喪禮，但仍以赴告之辭結束之，〈金縢〉乃全是一篇故事，篇中周公祝詞尚近於〈周誥〉，其「武王既喪」以下竟像東周的文辭。這一篇當是後人根據相傳的故事及話言拼湊成的。《魯書》一類可以說是〈周誥〉的附庸。

第三類是宋述商書。此一類中，〈西伯戡黎〉及〈微子〉二篇之可以呼作宋書，當是無問題的，此是宋人記其由來之檔案。至於〈盤庚〉及〈高宗肜日〉，以年代論，比〈周誥〉早得多，以文辭論，反比〈周誥〉較易通解，然這兩篇都不類《春秋》的文辭。又商末至少有兩次的大亂。(1)紂亡時；(2)武庚亡時。經這樣大亂，冊府是完整不了的。清朝人不爲明朝人保存檔案，周朝人更決無爲商朝人保存史料之理。宋以喪亡之後，小休之時，根據傳訓，寫成典書，是事實之最可能者。惟其傳說有自，所以不像後來的文辭，惟其追記在後，所以稍有近後的語句。此一說雖無證據，然如此假定，一時也找不到與此矛盾的證據。

以上三類，除〈無逸〉一篇或者稍經後人之潤色，〈金縢〉一篇大有可疑之處，都是絕好的史料，與彝器銘辭相發明。今尚存之《逸周書》中，雖〈世俘〉、〈作雒〉等篇，其史料的價值，亦下此一等也。

第四類是外國書，這一類中有〈呂刑〉、〈秦誓〉兩篇。〈呂刑〉相傳爲周穆王作，這話全不可通。〈周誥〉的排場是很清楚的，周王誥語所及之人，「越在外服，侯田男衛邦伯，越在內服，百僚庶尹」，而〈呂刑〉一篇誥語所及之人，則是「伯父伯兄仲叔季弟幼子童孫皆聽朕言」，這乃是一個部落的族長，哪裡是諸侯的共王？且〈周誥〉中的用事，述祖德則「丕顯文武」，引鑑戒則殷人夏后，〈呂刑〉裡邊，既無宗周成周之典，又無三代興亡之事，而是三苗、重黎、伯夷、皇帝，遙遙與《楚語》中所載南方之神話相應。且〈呂刑〉開頭說：「惟呂命王，享國百年，耄荒，度作刑以誥四方。」而《史記》曰：「甫侯言於王。」鄭玄曰：「呂侯受王命入爲三公。」此皆不得其義而強解之者，「呂命王」固不能解作「王命呂」。若以《書》序說，「呂命穆王」則以臣命君成何事體？諸家著錄周代彝器中有呂王器數事，如「呂王斗作大姬壺」等，然則呂固稱王矣。今如釋呂命王爲周昭王之類，即命爲呂王之號，或命爲誤字，其本字爲呂王之號，則文從字順。然則此篇固是呂王之誥，南方之訓典，與成周無涉，固墨子之所引，而非早年儒家之書也。

〈秦誓〉一篇，書序《史記》皆以爲秦穆公喪師於崤之罪己詔，然按其文義頗與崤戰後事之情景不合。《左傳》記當時秦穆公云：「孤違蹇叔，以辱二三子，孤之罪也！不替孟明，孤之過也！」今〈秦誓〉中並無此等意思，只在渴思有才有量之賢士。意者此之指名秦穆公猶文侯之命之指名晉文侯，皆實不得其人，強以與此文差不多的地理及時代之最有名人物當之，強以其間最著名之事蹟當之，而忘其不切也。〈商頌〉之指名正考父，〈魯頌〉之指名奚斯，皆同一心理耳。

〈秦誓〉一篇，以文辭論，是《尚書》中最上等者。如下列一段，實是絕美的文章，散文進化到此一步已是像有工夫的了。

昧昧我思之，如有一介臣，斷斷猗無他技，其心休休焉，其如有容：人之有技，若己有之，人之彥聖，其心好之，不啻如自其口出，是能容之，以保我子孫黎民，亦職有利哉！人之有技，冒疾以惡之，人之彥聖，而違之俾不達，是不能容，以不能保我子孫黎民，亦曰殆哉！邦之杌隉，曰由一人，邦之榮懷，亦尚一人之慶。

第五項是三代的三篇誓。至遲到春秋中葉，禪代征伐的兩種政治理想都完成了一個系統，這可以《左傳》爲證。征伐是三代創業之功績，夏以啓爲創業之祖（啓之訓爲開，可以漢諱爲證，然則啓固是夏后氏之太祖，鯀禹猶在天神一格中也），據傳說，其所伐者爲有扈，故造〈甘誓〉，商以湯爲成事之王，所伐者爲夏桀，故造〈湯誓〉，周以武王爲定功之世，所伐者爲殷紂，故造〈牧誓〉，所謂〈太誓〉，亦即〈牧誓〉之一流，同一題目，不是一個人造的，故成不同的篇章。以此諸篇之文辭與〈周誥〉、〈殷盤〉比一下，顯然這是後人的文辭，以其中發揮的意思與《孟子》、《墨子》所記者較一下，顯然這是憑借著「征誅」一種思想而出的文章。

第六類是〈禹貢〉、〈洪範〉兩篇。〈禹貢〉言地理，而以九州之觀念爲綱，

〈洪範〉綜言天人系統，而以五行之觀念為領。如這樣子的典書，在戰國時恐不少有，《晉書．束皙傳》記汲冢簡書各種，按其名實，足知彼時文書之有多體。〈禹貢〉雖比〈穆天子傳〉為實（〈穆天子傳〉亦因誤讀致有今天之面目）。〈洪範〉當比〈大曆〉為實，然皆戰國時托古拓今之創作，彼時之典書也。造作此等典書之風氣，最遲至春秋已成，可以《左傳》、《國語》所引各種古今雜糅鋪排數目之訓典為證。

〈禹貢〉、〈洪範〉兩篇，雖大體上我們可以斷定它是春秋戰國間的東西，但如必確切指定其屬於何一世則亦未必成功。為什麼呢？古來的書每每先有個核子，後來逐漸發展與改變，一書中自身之地層每不容易分辨，必以一書最初之層為此書之時代固失之，必以其最後層當之，亦未為得。

《洪範》一書之中央思想為五行，五行系統論之成立雖或在後，但其根蒂必在先。荀子在非子思、孟子時，指謫他們「按往舊造說，謂之五行」，所謂「造說」者，明其有自己的貢獻，所以「按往舊」者，明其有憑借傳說處。《左傳．文七年》，「水火金木土谷謂之六府」，此與五行之數雖小異而大同。且五方之說，似較五行為尤早，王國維曰：「『貞方帝卯一牛之南口』，曰『貞尞尞於東』，曰『己巳卜王賓於東』，曰『賓於西』，曰『貞賓於西』，曰『癸西卜中貞三年』。曰『方帝』，曰『東』，曰『西』，曰『中』，疑即五方帝之祀矣。」五方之觀念，自與五行相混而更盛。

〈禹貢〉之中央思想為九州。九州之名見於《國語》者，有「謝西之九州」，此指一地方說，可以不論。若禹九州之說，至遲在春秋已盛。齊侯鎛鐘及齊侯鐘云：「及其高祖，虩虩唐成，又（有）㱿（嚴）在帝所，塼（溥）受大命，刻（克）伐頣（履）司，敳（敗）乃靈師。伊少（小）臣隹（唯）補（輔）。咸有九州，處禹之堵（都）。」（《嘯堂集古錄》下）孫詒讓考證（《古籀拾遺》上十六葉）此二器一作於靈公初卒，一作於靈公已有謚時，齊靈二十八年，正當春秋魯哀公十九年也。春秋時此故事既用於如此之場所，則此故事必不創於彼時，然則禹九州之說縱不歸之於夏殷，亦決不後以西周也。且禹貢九州之名稱亦決非戰國時名號，詳拙著《禹貢九州釋名》，今不錄。唯九州觀念與禹貢地理究是兩事，盡可九州之說甚早，〈禹貢〉之書卻可以甚後。然今如以禹貢地名有但見於漢代者，以為即是甚晚之書，亦未可通。地名之僅見於漢代書，不必即始於漢代，即如遼西遼東諸郡，《漢志》明言秦置，而《史記．匈奴列傳》云是燕置，可見《漢志》所謂秦置郡縣中，每有導源自六國時者。此猶是郡縣之名稱設置也。若一般地名，則創造尤不易。今如執鮮卑一調以爲〈大招〉是東漢時所作之證，何其鑿也？〈禹貢〉一篇，以文辭論，固絕不能爲夏商及西周之書，然必以爲是戰國，亦未有充分之證據，若以爲東周之書，可無謬焉。

第七類是所謂虞夏書兩篇，即〈堯典〉、〈皋陶謨〉。所記皆堯舜禹禪讓之故事，與三誓正爲相對者，彼申三代征伐之思想，此陳三帝禪讓之思想，皆戰國時學者心中口中之大問題。此兩篇從頭即不是假定如〈周誥〉一類的文章而做的，自己先說：「曰若稽古」，明爲後人之言，而《左傳．僖二十七年》引〈堯典〉明明曰《夏書》。戰國學人托堯舜禹故事以立言者必多，即春秋時或已多有之，如季孫行父不納莒太子時所引〈舜功〉一大段文章，即所謂放四凶族登庸十六才子者，必亦是傳說之一種，而與今所見〈堯典〉不合。今所見〈堯典〉中儒家思想之成分更重，原來故事之神話性更輕，〈皋陶謨〉一篇中竟將不同部族之「宗神」（Tribal Gods）合於一堂，而成全神庭（Pantheon），部落之傳說早爲大一統之觀念改化矣。

以上三類，但可以求東周思想史之資料，不可爲盛夏殷周史蹟之所依也。

附《左傳》引書表

《詩》、《書》在春秋戰國時之面目，可取春秋戰國時《書》引《詩》、《書》者統計推論之。《左傳》所本源之《國語》一書，當是戰國初年集合數國之語以成之者（說詳後），其引《詩》、《書》頗可取以爲《詩》、《書》在彼時狀態之證據。顧棟高《春秋大事表》（卷四十七）所統計《左傳》所載賦詩之事，幾全與今所見詩篇章合，而引《書》多數在二十八篇之外。顧《書》抄引錯亂無序，今一一據《左傳》本文及杜注校之，列表如下。至顧氏所引二十二事之外，是否有遺漏者，今不及遍校《左傳》全書，且待異日也。

1.隱六——《商書》曰：「惡之易也，如火之燎於原，不可鄉邇，其猶可撲滅？」杜曰：「商書盤庚。」

按，今〈盤庚〉無「惡之易也」一句，此句亦不類〈盤庚〉文辭。

2.莊八——《夏書》曰：「皋陶邁種德，德乃降。」杜曰：「《夏書》，逸書也。」

3.僖五——故《周書》曰：「皇天無親，唯德是輔。」又曰：「黍稷非馨，明德惟馨。」又曰：「民不易物，唯德繁物。」杜曰：「逸書。」

4.僖二十三——《周書》有之：「乃大明服。」杜曰：「《周書·康誥》。」

5.僖二十四——《夏書》曰「地平天成」，稱也。杜曰：「《夏書》，逸書。」

6.僖二十七——《夏書》曰：「賦納以言，明試以功，車服以庸。」杜曰：「《尚書》，《虞夏書》也。」按，此三語在今〈皋陶謨〉中（僞孔益稷）。

7.文五——《商書》曰：「沈漸剛克，高明柔克。」杜曰：「此在《洪範》，今謂之《周書》。」

8.文七——《夏書》曰：「戒之用休，董之用威，勸之以九歌，勿使壞。」杜曰：「逸書。」

9.宣六——《周書》曰：「殪戎殷。」杜曰：「《周書》，《康誥》也。」

10.宣十五——《周書》所謂「庸庸祇祇」者，謂此物也夫。杜曰：「《周書·康誥》。」

11.成二——《周書》曰：「明德慎罰。」杜曰：「《周書·康誥》。」

12.成十六——《周書》曰：「惟命不於常。」有德之謂。杜曰：「《周書·康誥》。」

13. 成十六——《夏書》曰：「怨豈在明，不見是圖。」杜曰：「逸書也。」

14. 襄十三——《書》曰：「一人有慶，兆民賴之，其寧惟永。」杜曰：「《周書．呂刑》也。」

15. 襄十二——《夏書》曰：「念茲在茲，釋茲在茲，名言茲在茲，允出茲在茲，惟帝念功。」杜曰：「逸書也。」

16. 襄二十三——《夏書》曰：「念茲在茲。」杜曰：「逸書也。」

17. 襄二十六——《故夏書》曰：「與其殺不辜，寧失不經。」杜曰：「逸書也。」

18. 襄三十——《大誓》云：「民之所欲，天必從之。」杜曰：「今《尚書．大誓》，亦無此文，故諸儒疑之。」

按，此處傳文疑是敷衍經文者。《經》云：「公薨於楚宮。」。《傳》云：「公作楚宮，穆叔曰：《大誓》云：『民之所欲，天必從之。君欲楚也夫，故作其宮。若不復適楚，必死是宮也。』六月辛巳，公薨於楚宮。」魯至此時，幾成楚之藩邦，何欲楚之有？《魯語》記襄公如楚之故事云：「襄公如楚及漢，聞康王卒，欲還，叔仲昭伯曰：『君之來也。非爲一人也，爲其名與其眾也。今王死，其名未改，其眾未敗，何爲還』！」如此形勢，何欲之爲？且楚宮之楚，非謂荊楚之國，猶言大宮也。《詩》：「定之方中，作於楚宮。揆之以日，作於楚室。」是其例。強以左氏書比附經文者，乃有此露馬腳之文焉。

19.襄三十——《周書》數文王之德，曰：「大國畏其力，小國懷其德。」杜曰：「逸書。」

20.昭十四——《夏書》曰：「昏，墨，賊，殺。」皋陶之刑也。杜曰：「逸書。」

21.哀六——《夏書》曰：「惟彼陶唐，帥彼天常，有此冀方。今失其行，亂其紀綱，乃滅而亡。」又曰：「允出玆在玆。」杜於前段下云：逸書，於後段下云：「又逸書。」

22.哀十一——〈盤庚〉之誥曰：「其有顚越不共，則劓殄無遺育，無俾易種於玆邑。」杜曰：「〈盤庚〉，《商書》也。」按，今本〈盤庚〉作「乃有不吉不迪，顚越不恭，暫遇奸宄，我乃劓殄滅之，無遺育，無俾易種於玆新邑」。

第六講　詩部類說

《詩經》的部類凡三：一曰風，二曰雅，三曰頌。更分之則四：一曰國風，二曰小雅，三曰大雅，四曰三頌。此樣之分別部居至遲在漢初已如是，所謂「四始」之論，即是憑借這個分部法而生的，無此分別即無「四始」說，是很顯然的。然四始之說究竟古到什麼時候呢？現在見到的《毛詩》四始說在詩序中，其說曰：

> 是以一國之事，係一人之本，謂之風。言天下之事，形四方之風，謂之雅。雅者，政也，言王政之所由廢興也。政有大小，故有小雅焉，有大雅焉。頌者，美盛德之形容以其成功告於神明者也。是謂四始，詩之至也。這一說不是釋四始，而是釋四部之名義，顯是後起的。今所見最早之四始說在《史記．孔子世家》：古者詩三千餘篇。及至孔子，去其重，取可施於禮義，上采契后稷，中述殷周之盛，至幽、厲之缺，始於衽席。故曰：「《關雎》之亂以爲風始。《鹿鳴》爲小雅始，《文王》爲大雅始，《清廟》爲頌始。」三百五篇孔子皆弦歌之，以求合韶武雅頌之音。禮樂自此可得而述，以備王道。成六藝。

此則四始之本說，非如《毛序》之竊義。據此說，知所謂四始者，乃將一部《詩經》三百餘篇解釋為一個整齊的系統。原始要終，一若《呂子》之有十二紀，《說文》之始一終亥者然。且與刪詩之義，歌樂之用，皆有關係。作此說者，蓋以為其終始如此謹嚴者，正是孔子有心之編制，為禮義，為弦歌，勢所必然。

現在如可證明詩之部類本不為四，則四始之說必非古義，而為戰國末年說詩者受當時思想系統化之影響而創作者。現在依風、雅、頌之次序解釋之。

風

所謂「風」一個名詞起來甚後。這是宋人的舊說，現在用證據充實之。《左傳・襄二十九》，吳季札觀周樂於魯，所歌詩之次序與今本「三百篇」大同。其文曰：「為之歌周南、召南……為之歌邶、鄘、衛……為之歌王……為之歌鄭……為之歌齊……為之歌豳……為之歌秦……為之歌魏……為之歌唐……為之歌陳……自鄶而下……為之歌小雅……為之歌大雅……為之歌頌。」此一次序與今見毛本（熹平石經本，據今已見殘石推斷，在此點上當亦不異於毛本）不合者。〈周南〉、〈召南〉

不分爲二。〈邶〉、〈鄘〉、〈衛〉不分爲三，此等處皆可見後代《詩經》本子之腐化。〈周南〉、〈召南〉古皆並舉，而無單舉者，而〈邶〉、〈鄘〉、〈衛〉之不可分亦不待言。又襄二十九之次序中〈豳〉、〈秦〉二風提在〈魏〉、〈唐〉之前，此雖似無多關係，然〈雅〉、〈頌〉之外，〈陳〉、〈檜〉、〈曹〉諸國既在後，似《詩》之次序置大部類於前，小國於後者；如此，則〈豳〉、〈秦〉在前，或較今見之次序爲勝。最可注意者，即此一段記載中並無風字。《左傳》一書引《詩》喻《詩》者數百處，風之一詞，僅見於隱三年周鄭交質一節中，其詞曰：「〈風〉有〈采蘩〉、〈采蘋〉，〈雅〉有〈行葦〉、〈泂〉、〈酌〉。」此一段君子曰之文辭，全是空文敷衍，准以劉申叔分解之例，此當是後人增益的空話。除此以外，以《左傳》、《國語》兩部大書，竟無《國風》之風字出現，而雅頌兩名詞是屢見的，豈非風之一詞成立本在後呢？《論語》又給我們同樣的一個印象，〈雅〉、〈頌〉是並舉的，〈周南〉、〈召南〉是並舉的，說到「關雎之亂」，而並不曾說到「風之始」，風之一名詞絕不曾出現過的。即《詩三百》之本文，也給我們同樣的一個印象，〈小雅·鼓鐘〉篇，「以雅以南」，明是雅南爲同列之名，非風雅爲同列之名。〈大雅·崧高〉篇所謂「吉甫作誦……其風肆好」者，風非所謂國風之義。孟子、荀子、儒家之正宗，其引《詩》亦絕不提及風字。然則風之一詞之爲後起之義，更無可疑。其始但是〈周南〉、〈召南〉一堆，〈邶〉、〈鄘〉、〈衛〉一堆。〈王〉一堆，〈鄭〉一堆。……此皆對〈小雅〉、〈大雅〉一堆而爲平等者，雖大如「洋洋盈耳」之〈周南〉、〈召南〉，小如「自檜而下無譏焉」之〈曹〉，大小雖別，其類一也。非〈國風〉分爲如許部類，實如許部類本各自爲別，更無風之一詞以統之。必探《詩》之始，此乃《詩》之原始容貌。

然則風之一詞本義怎樣，演變怎樣，現在可得而疏證之。風者，本泛指歌詞而言，入戰國成一種詭辭之稱，至漢初乃演化爲枚馬之體。現在分幾段敘說這個流變。

1.「風」、「諷」乃一字，此類隸書上加偏旁的字每是漢儒所作的，本是一件通例，而「風」、「諷」二字原爲一字尤可證：

《毛詩．序》：「所以風。」《經典釋文》：「如字。徐，福鳳反，今不用。」按，福鳳反即諷（去聲）之音。又「風，風也。」《釋文》：「並如字。徐，上如字，下福鳳反。崔靈恩集注本，下即作諷字。劉氏云：動物曰風，托音曰『諷』，崔云：『用風感物則謂之諷。』」《左氏．昭五年》注：「以此諷。」

《釋文》：「本亦作風。」又風讀若諷者，《漢書集注》中例甚多，《經籍纂詁》輯出者如下：《食貨志》下；《藝文志》；《燕王懌傳》；《齊悼惠王肥傳》；《灌嬰傳》；《婁敬傳》；《梁孝王武傳》；《衛青傳》；《霍去病傳》；《司馬相如傳》三見；《卜式傳》；《嚴助傳》；《王褒傳》；《賈捐之傳》；《朱雲傳》；《常惠傳》；《鮑宜傳》；《韋元成傳》；《趙廣漢傳》三見；《馮野王傳》；《孔光傳》；《朱博傳》；《何武傳》；《揚雄傳》上，二見；《揚雄傳》下，三見；《董賢傳》；《匈奴傳》上，三見；《匈奴傳》下，二見；《西南夷傳》，二見；《南粵王傳》；《西域傳》上；《元后傳》，二見；《王莽傳》上，二見；《王莽傳》下；《敘傳》上；《敘傳》下，二見；又《後漢書．崔琦傳》注亦同。按由此風爲名詞，諷（福鳳反）爲動詞，其義則一。

2.風乃詩歌之泛稱。

《詩．大雅》：「吉甫作誦，其詩孔碩，其風肆好。」又《小雅》：「或湛樂飲酒，或慘慘畏咎。或出入風儀，或靡事不爲。」鄭箋以爲「風猶放也」，未安，當謂出入歌誦，然後上與湛樂飲酒相配，下與靡事不爲相反。《春秋繁露》：「『文王受命，有此成功。既伐於崇，作邑於豐』，樂之風也。」（〈文王受命〉在〈大雅〉）《論衡》：「『風』乎雩，風歌也。」按，如此解《論語》「浴乎沂，風乎舞雩，詠而歸」，然後可通。何晏注，風涼也，揆之情理，浴後晒於高臺之上，豈是孔子所能贊許的？

據上引《詩》之辭爲風；誦之則曰諷（動詞），泛指詩歌，非但謂十五國。又以風名詩歌，西洋亦有成例如Aria，義大利語謂風，今在德語曰Arie，在法語曰Ari，皆用爲一種歌曲之名。以風名詩，固人情之常也。

3.戰國時一種之詭詞承風之名。

《史記．滑稽列傳》：威王大悅，置酒後宮，召髡，賜之酒。問曰：「先生能飲幾何而醉？」對曰：「臣飲一斗亦醉，一石亦醉。」威王曰：「先生飲一斗而醉，惡能飲一石哉？其說可得聞乎？」髡曰：「賜酒大王之前，執法在傍，御史在後，髡恐懼俯狀而飲，不過一斗徑醉矣。若親有嚴客，髡帣韝鞠旂，侍酒於前，時賜餘瀝，奉觴上壽數起，飲不過二斗徑醉矣。若朋友交遊，久不相見，卒然相睹，歡然道故，私情相語，飲可五六斗，徑醉矣。若乃州閭之會，男女雜坐，行酒稽留，六博投壺，相引爲曹，握手無罰，目眙不禁，前有墮珥，後有遺簪，髡竊樂此，飲可八斗，而醉二參。日暮酒闌，合尊促坐，男女同席，履舄交錯，杯盤狼藉，堂上燭火，主人留髡而送客。羅襦襟解，微聞薌澤，當此之時，髡心最歡，能飲一石。故曰：酒極則亂，樂極則悲，萬事盡然，言不可極，極之而衰，以諷諫焉。」

此雖史公錄原文，非復全章，然所錄者盡是整語，又含韻詞，此類文章，自詩體來，而是一種散文韻文之混合體，斷然可知也。此處之諷乃名詞，照前例應爲風字。「以風諫焉」，猶云以詩（一種之詭詞）諫焉，此可爲戰國時一種詭詞承風之名之確證。至於求知這樣的詭詞之風是什麼，還有些材料在《戰國策》及《史記》中。《戰國策》八記鄒忌與城北徐公比美事，《史記》四十六記騶忌字以鼓琴說齊威王事，皆是此類文章之碎塊遺留者。又《史記》七十四所記之淳于髡，正是說這樣話的人，騶忌、淳于髡便是這樣「出人風議」的人，他們的話便是這樣詭詞，而這樣的詭詞號風。到這時風已不是一種單純韻文的詩體，而是一種混合散文韻文的詭詞了。《荀子‧成相》詭詩尚存全章，此等風詞只剩了《戰國策》、《史記》所約省的，約省時已經把鋪陳的話變做彷彿記事的話了。然今日試與枚馬賦一比，其原來體制猶可想像得之。

4.孔子已有「思無邪」與「授之以政」之詩論，孟子更把《詩》與《春秋》合爲一個政治哲學係統，而同時上文所舉之詭詞一體，本是篇篇有寓意以當諫諍之用者。戰國漢初，儒者見到這樣的詭調之「風」，承襲儒家之政治倫理哲學，自然更要把刺詩的觀念在解詩中大發達之，於是而「周道缺，詩人本之衽席，《關雎》作，仁義凌退，《鹿鳴》刺焉」，於是而「『三百篇』，當諫書」。《國語》云「瞽獻曲，史獻語」。一種新辭令，每含一種的寓意，如歐洲所謂Moral者，由來必遠，然周漢之間，「詩三百」之解釋，至於那樣子政治化者，恐也由於那時候的詭詞既以風名，且又實是寓意之辭，儒者以今度古，以爲《詩經》之作，本如詭詩。而孟子至三家之詩學，乃發展得很自然矣。

5.由這看來，諷字之與風字，縱分寫爲二，亦不過一動一名，原始本無後人所謂「含譏帶諷」之義，此義是因緣引申之義，而附加者。

6.我疑「論」、「議」等詞最初亦皆是一種詭詩或詭文之體，其後乃變爲長篇之散文。《莊子．齊論物》：「六和之外，聖人存而不論，六合之內，聖人論而不議，春秋經世，先王之志，聖人議而不辨。」此處之論，謂理；議，謂誼；辨，謂比。猶云六合外事，聖人存而不疏通之，六合內事，聖人疏通而不是非之，春秋有是非矣，而不當有詞，以成偏言。這些都不是指文體之名稱而言者，然此處雖存指文體，此若干名之源，也許是詭詩變爲韻文者。《九辯》之文還存在，而以辯名之文，《九辯》外尚有非者。至於論之稱，在戰國中期，田駢作《十二論》，今其《齊物》一篇猶在《莊子》，在戰國晚年，荀卿、呂不韋皆著論（見《史記》）。然此是後起之義，《論語》以論名，皆語提要鉤玄處。《晉書．束皙傳》：「太康二年……盜發魏安釐王冢，得竹書數十車。……《論語．師春》一篇，《書》、《左傳》諸卜筮，師春似是造書者姓名也。《左傳》諸卜筮本是一時流行，至少在三晉流行之《周易》，師爲官，春爲名，當即傳書之人。《左傳》卜筮皆韻文詭詩，或者這是論一詞之最古用處嗎？議一字見於《詩經》者，「或出入風議」，應是指出入歌詠而言，如此方對下文「靡事不爲」。又《鄭語》：「姜，伯夷之後也」，嬴，伯翳之後也。伯夷能禮於神，以佐堯者也。伯翳能議百物，以佐舜者也。」韋昭解，「百物草木鳥獸，議使各得其宜」，此眞不通之解。上句爲伯夷能禮，下句當謂伯翳能樂，作詭詩以形容百物，而陳義禮，如今見《荀子・賦篇》等。

約上文言：春秋時詭詩一種之名，入戰國變成散文一種之體。現在且立此假設，以待後來之證實或證虛。

7.枚馬賦體之由來。漢初年賦絕非一類，《漢志》分爲四家，恐猶未足盡其辨別。此等賦體淵源有自，戰國時各種雜詩之體，今存其名稱者尙不少，此處不及比次而詳論之，姑談枚乘、司馬相如賦體之由來。枚賦今存者，只《七發》爲長篇，而司馬之賦，以《子虛》爲盛（《上林》實在《子虛》中，爲人割裂出來），此等賦之體制可分爲下列數事：(1)鋪張侈辭。(2)並非詩體，只是散文，其中每有葉韻之句而已。(3)總有一個寓意（Moral），無論陳設得如何侈靡，總要最後歸於正道，與淳于髡飲酒，鄒忌不如徐公美之辭，全然一樣。

我們若是拿這樣賦體和楚辭較，全然不是一類，和宋玉賦校，詞多同者，而體絕不同，若和齊人諷詞校，同直接之統緒立見。枚、馬之賦，固全是戰國風氣，取詞由宋玉賦之一線，定體由諷詞之一線，與屈賦毫不相干者也。淳于髡諸騶子之風必有些很有趣者，惜乎現在只能見兩篇的大概。

因風及諷，說了如許多，似去題太遠。然求明瞭風一詞非《詩三百》中之原有部類之名，似不得不原始要終，以解風字，於是愈說愈遠矣。

雅

漢魏儒家釋雅字今可見者幾皆以爲「雅者正也」（參看《經籍纂詁》所輯）。然雅字本誼經王伯申之考定而得其確詁。《荀子·榮辱篇》云：「譬之越人安越，楚人安楚，君子安雅。」《讀書雜志》云：「引之曰：雅讀爲夏，夏謂中國也，故與楚越對文。」《儒效篇》：「居楚而楚，居越而越，居夏而夏」，是其證。古者夏雅二字互通，故左遼齊大夫子雅，《韓子·外儲說》右篇作子夏。楊注云：「正而有美德謂之雅，則與上二句不對矣。」斯年按，《荀子》中尚有可以佐此說之材料，《王制篇》云：「聲則凡非雅聲者舉廢。」又云：「使夷狄邪音不敢亂雅。」此皆足說明雅者中國之音之謂；所謂正者，縱有其義，亦是引申。執此以比《論語》所謂「子所雅言，詩書執禮皆雅言也」。尤覺阮元之說，以雅言爲官話，《爾雅》爲言之近官話者，正平可易。且以字形考之，雅、夏二字之本字可借古文為證。三體石經未出現風雅之雅字，然《說文．雅（「雅」，同「雅」，下同）下》云，「古文以為詩大雅字」，然則《三體》、《石經》之古文雅字必作雅甚明。《三體》、《石經》、《春秋》中夏字之古文作是，從日從雅，是夏字之一體，正從雅聲，加以日者，明其非為時序之字，准以形聲字之通例，是之音訓正當於雅字中求之也。

雅既為夏，夏既為中國，然則《詩經》之〈大雅〉、〈小雅〉皆是周王朝及其士民之時，與夏何涉？此情形乍看似可怪，詳思之乃當然者。(1)成周（洛邑）、宗周（鎬京）本皆有夏地，夏代區域以所謂河東者為本土，南涉河及於洛水，西涉河及於渭水，故東西對稱則曰夷夏，南北對稱，則曰夏楚，春秋末季之秦公敦云：「⿱小京事蠻夏。」無異謂秦先公周旋於楚晉之間，而《左傳》稱陳蔡衛諸國曰東夏（說詳拙著《民族與古代中國史》）。然則夏本西土之宗，兩周之京邑正在其中。(2)周人自以為承夏之統者，在《詩》則曰：「我求懿德，肆於時夏」，「無此疆爾界，陳常於時夏」。在《書》則曰：「惟乃丕顯考文王，克明德慎罰，不敢侮鰥寡，庸庸祇祇，威威顯民，用肇造我區夏」（說詳拙著《新獲卜辭寫本後記》，跋見《安陽發掘報告》第二期三八四—五頁（文中印刷錯誤極多））。然則周室王朝之詩，自地理的及文化的統系言之，固宜曰夏聲，朝代雖有廢興，而方域之名稱不改，猶之《詩經》中邶鄘本非周之侯封，檜魏亦皆故國之名號，時移世異，音樂之源流依故國而不改。音樂本以地理爲例，自古及今皆然者，《詩》之有〈大雅〉、〈小雅〉正尤其有〈周南〉、〈召南〉。所謂「以雅以南」，可如此觀，此外無他勝誼也。

頌

頌之訓爲容，其詩爲舞詩，阮元說至不可易。詳拙著《周頌說》，今不復述。

如上所解，則全部《詩經》之部類皆以地理爲別，雖〈頌〉爲舞詩，〈雅〉證王朝之政，亦皆以方土國家爲部類者。有一現象頗不可忽略者，即除〈周詩〉以外，一國無兩種之詩。魯宋有〈頌〉，乃無〈風〉，其實魯之必有〈頌〉外之詩，蓋無可疑。即就〈周詩〉論，豳王異地，雅南異統，雅爲夏聲，乃中國之音，南爲南方，乃南國之詩。當時江淮上之周人殖民地中兩種音樂並用，故可曰「以雅以南」。今試爲此四名各作一界說如下：

〈大雅〉、〈小雅〉——夏聲

〈周南〉、〈召南〉——南音（南之意義詳《周頌說》）

王國——東周之民歌

豳詩——周本土人戍東方者之詩（說見後）

所謂四方之音

在後來所謂國風之雜亂一大堆中，頗有幾個地理的頭緒可尋。《呂氏春秋‧音初》篇為四方之音各造一段半神話的來源，這樣神話固不可當作信史看，然其分別四方之音，可據之以見戰國時猶深知各方之聲音異派。且此地所論四方恰和所謂國風中系統有若干符合，現在引《呂子》本文，加以比核。

甲　南音

> 禹行功，見塗山之女，禹未之遇，而巡省南土。塗山氏之女，乃令其妾候禹於塗山之陽，女乃作歌，歌曰：「候人兮猗。」實始作為南音。周公及召公取風焉，以為「周南召南。」

以「候人兮」起興之詩，今不見於二〈南〉，然戰國末人，必猶及知二〈南〉爲南方之音，與北風對待，才可有這樣的南音原始說。二〈南〉之爲南音，許是由南國俗樂所出，周殖民於南國者不免用了他們的俗樂，也許戰國時南方各音由二〈南〉一流之聲樂出，《呂覽》乃由當時情事推得反轉了，但這話是無法證明的。

乙　北音

有娀氏有二佚女，爲之九成之臺，飲食必以鼓。帝令燕往視之，鳴若謚謚，二女愛而爭搏之，覆以玉筐，少選，發而視之，燕遺二卵，北飛，遂不返。二女作歌，一終曰：「燕燕往飛。」實始作爲北音。

以燕燕于飛（即燕燕往飛）起興之詩，今猶在〈邶〉、〈鄘〉、〈衛〉中。（凡以一調起興爲新詞者，新詞與舊調應同在一聲範域之中，否則勢不可歌。起興爲詩，當即塡詞之初步，特塡詞法嚴，起興自由耳）是詩之〈邶〉、〈鄘〉、〈衛〉爲北音。又《說苑．修文篇》「紂爲北鄙之聲，其亡也忽焉」，〈衛〉正是故殷朝歌。至於〈邶〉、〈鄘〉所在，說者不一。

丙　西音

周昭王親將征荊，辛餘靡長且多力，爲王右。還反涉漢，梁敗，王及蔡公據漢中，辛餘靡振土北濟，又反振蔡公。周公乃候之西翟，實爲長公（周公旦如何可及昭王時，此後人半神話）。殷整甲徙宅西河，猶思故處，實始作爲西音。長公繼是音以處西山，秦繆公取風焉，實始作爲秦音。

然則〈秦風〉即是西音，不知李斯所謂「擊瓮叩缶，彈箏搏髀」者，即〈秦風〉之樂否？〈唐風〉在文詞上看來和〈秦風〉近，和鄭王陳衛迥異，或也在西音範圍之內。

丁　東音

夏后氏孔甲田於東陽萯山，天大風，晦盲，孔甲迷惑，入於民室。主人方乳，或曰：「後來，是良日也，之子是必大吉。」或曰：「不勝者，之子是必有殃。」

乃取其子以歸曰：「以爲余字，誰敢殃之？」子長成人，幕動坼橑斫斬其足，遂爲守門者。孔甲曰：「嗚呼，有疾，命矣夫！乃作爲破斧之歌，實始爲東音。」

今以破斧起興論周公之詩在〈豳風〉。疑〈豳風〉爲周公向東殖民以後，魯之統治階級用周舊詞，採奄方土樂之詩（此說已在《周頌說》中論及）。

從上文看，那些神話固不可靠，然可見北南豳秦方土不同，音聲亦異，戰國人固知其爲異源。

戊　鄭聲

《論語》言放鄭聲，可見當時鄭聲流行的勢力。李斯〈上秦王書〉：「鄭衛桑間……異國之樂也，今棄擊缶而就鄭衛。」不知鄭是由衛出否？秦始皇時鄭聲勢力尚如此大，劉季稱帝，「朔風變於楚」，上好下甚，或者鄭聲由此而微。至於哀帝之放鄭聲，恐怕已經不是戰國的鄭聲了。

己　其他

齊人好宗教（看《漢書·郊祀志》），作侈言（看《史記·孟子騶子列傳》），能論政（看《管晏》諸書），「泱泱乎大國」，且齊以重樂名。然詩風所存齊詩不多，若干情詩以外，即是桓姜事者，恐此不足代表齊詩。

周南　召南

〈周南〉、〈召南〉都是南國的詩，並沒有岐周的詩。南國者，自河而南，至於江漢之域，在西周下一半文化非常的高，周室在那裡建設了好多國。在周邦之內者曰周南，在周畿外之諸侯統於方伯者曰召南。南國稱召，以召伯虎之故。召伯虎是厲王時方伯，共和行政時之大臣，庇護宣王而立之之人，曾有一番轟轟烈烈的功業，「日闢國百里」。這一帶地方雖是周室殖民地，但以地方富庶之故，又當西周聲教最盛時，竟成了文化中心點，宗周的諸侯，每在南國受封邑。其地的人文很優美，直到後來爲荊蠻殘滅之後，還保存些有學有文的風氣。孔子稱「南人有言」，又在陳蔡楚一帶地遇到些有思想而悲觀的人，《中庸》上亦記載「寬柔以教，不報無道，南方之強也，而君子居之」。這些南國負荷宗周時代文化之最高點，本來那時候崤函以西的周疆是不及崤函以東大的（宣王時周室還很盛，然渭北已是玁狁出沒地，而渭南的人，與散地爲鄰者當不遠於鎬京，已稱王了。不知在漢中有沒有疆土，在巴蜀當然是沒有的。若關東則北有河東，南涉江漢南北達兩千餘里）。我們尤感覺南國在西周晚年最繁盛，南國的一部本是諸夏之域，新民族（周）到了舊文化區域（諸夏）之膏沃千里中（河南江北淮西漢東），更緣邊啓此新土宇（如大、小〈雅〉所記拓土南服），自然發生一種卓異的文化，所以其地士大夫家庭生活，「鼓鐘欽欽，鼓瑟鼓琴，笙磬同音，以雅以南，以籥不僭」。〈周南〉、〈召南〉是這一帶的詩，〈大雅〉、〈小雅〉也是這一帶的詩，至少也是由這一帶傳出，其較上層之詩爲雅，其較下層之詩稱南。南國盛於西周之末，故雅南之詩多數屬於夷厲宣幽，南國爲荊楚剪滅於魯桓莊之世，故雅南之詩不少一部分屬於東周之始。已是周室喪亂後「哀以思」之音。

二〈南〉有和其他國風決然不同的一點：二〈南〉文采不豔，而頗涉禮樂：男女情詩多有節制（〈野有死麇〉一篇除外），所謂「發乎情，止乎禮義」者，只在二〈南〉裡適用，其他國風全與體樂無涉（〈定之方中〉除外），只是些感情的動盪，一往無節制的。

〈周南〉、〈召南〉是一題，不應分爲兩事，猶之乎〈邶〉、〈鄘〉、〈衛〉之不可分，《左傳》襄二十九，吳李札觀樂於魯，「爲之歌周南召南」固是不分的。

詩的階級

以地望之別成樂系之不同，以樂系之不同，成《詩三百》之分類，既如上所說，此外還有類分《詩三百》的標準嗎？曰應該尚有幾種標準，只是參證的材料遺留到現在的太少了，我們無從說確切的話。然有一事可指出者，即頌、大雅、小雅、二南，其他國風，各類中在施用的場所上頗有一種不整齊的差異。〈大雅〉一小部分似〈頌〉、〈小雅〉一小部分似〈大雅〉、〈國風〉一小部分似〈小雅〉。取其大體而論，則〈風〉、〈小雅〉、〈大雅〉、〈頌〉各別；核其篇章而觀，則〈風〉（特別是二〈南〉）與〈小雅〉有出入。〈小雅〉與〈大雅〉有出入。〈大雅〉與〈周頌〉有出入，而二〈南〉與〈大雅〉，或〈小雅〉與〈周頌〉，則全無出入矣。此正所謂「連環式的分配」，圖之如下：

今試以所用之處爲標，可得下列之圖，但此意僅就大體言，其詳未必盡合也。

故略其不齊，綜其大體，我們可說〈風〉爲民間之樂章，〈小雅〉爲周室士大夫階級之樂章，〈大雅〉爲朝廷之樂章，〈頌〉爲宗廟之樂章。

宗廟	朝廷	士大夫	民間
			邶以下國風
		周南	召　南
	小		雅
大		雅	
周	頌		
魯	頌		
商	頌		

【註】邶鄘衛以下之國風中，只〈定之方中〉一篇類似〈小雅〉，其餘皆是民間歌詞，與禮樂無涉（王柏剽詩即將〈定之方中〉置於〈雅〉，以類別論，固可如此觀，然不知〈雅〉乃周室南國之雅，非與邶風相配者）。

詩篇之次序

今見「詩三百」之次序是絕不可靠的，依四始之義，這次序應該是不可移的，至少首尾如此。但這是後來的系統哲學將一總集化成一個終始五德論的辦法，是不近情理的。不過傳經者既以言詩之次序爲不可移，乃有無數的錯誤，即如〈大雅〉內時代可指的若干詩中，因有一篇幽王時的詩在前，乃不得不將以後的詩都算在幽王身上了。這個毛病自宋人起已看出來，不待多所辯證，現在但論〈大雅〉中幾篇時代的錯誤。

〈大雅〉的時代有個強固的內證。吉甫是和仲山甫、申伯、甫侯同時的，這可以〈崧高〉、〈烝民〉爲證。〈崧高〉是吉甫作來美申伯的，其卒章曰：「吉甫作頌，其詩孔碩。其風肆好，以贈申伯。」〈烝民〉是吉甫作來美仲山甫的，其卒章曰：「吉甫作誦，穆如清風。仲山甫永懷，以慰其心。」而仲山甫是何時人，則〈烝民〉中又說得清楚：「四牡彭彭，八鸞鏘鏘。王命仲山甫，城彼東方。四牡騤騤，八鸞喈喈。仲山甫徂齊，式遄其歸。」《史記．齊世家》：「蓋太公之卒百有餘年（按，年應作歲，傳說謂太公卒時百有餘歲也），子丁公呂伋立。丁公卒，子乙公得立。乙公卒，子癸公慈母立。癸公卒，子哀公不辰立（按哀公以前齊侯謚用殷制，則〈檀弓〉五世反葬於周之說，未可信也）。哀公時紀侯潛之周，周烹哀公而立其弟靜，是爲胡公。胡公徙都薄姑，而當周夷王之時。哀公之同母少弟山，怨胡公，乃與其黨，率營丘人襲殺胡公而自立，是爲獻公。獻公元年，盡逐胡公子，因徙薄姑都治臨淄。九年，獻公卒，子武公壽立。武公九年周厲王出奔於彘，十年王室亂，大臣行政，號曰共和。二十四年周宣王初立。二十六年武公卒，子厲公無忌立。厲公暴虐，故胡公子復入齊，齊人欲立之，乃與攻殺厲公，胡公子亦戰死。齊人乃立厲公子赤爲君，是爲文公。而誅殺厲公者七十人。「按，厲王立三十餘年，然後出奔彘，次年爲共和元年。獻公九年，加武公九年爲十八年，則獻公九年乃在厲王之世，而胡公徙都薄姑在夷王時，或厲王之初，未嘗不合。周立胡公，胡公徙都薄姑，則仲山甫徂齊以城東方，當在此時，即爲此事。至獻公徙臨淄，乃殺周所立之胡公，周末必更轉爲之城臨淄，《毛傳》以「城彼東方」，爲「去薄姑而遷於臨淄」，實不如以爲徙都薄姑。然此兩事亦甚近，不在夷王時，即在厲王之初，此外齊無遷都事，即不能更以他事當仲山甫之城齊。這樣看來，仲山甫爲厲王時人，彰彰明顯。《國語》記魯武公以括與戲見宣王，王立戲，仲山甫諫。懿公戲之立，在宣王十三年，王立戲爲魯嗣必在其前，是仲山甫猶及宣王初年爲老臣也（仲山甫又諫宣王料民，今本《國語》未紀年）。仲山甫爲何時人既明，與仲山甫同參朝列的吉甫申伯之時代亦明，而這一類當時稱頌之詩，亦當在夷王厲王時矣。這一類時全不是追記，就文義及作用上可以斷言。〈烝民〉一詩是送仲山甫之齊行，故曰：「仲山甫徂齊，式遄其歸。吉甫作誦，穆如清風。仲山甫永懷，以慰其心。」這眞是我們及見之最早贈答詩了。

吉甫和仲山甫同時，吉甫又和申伯同時，申伯又和甫侯一時並稱，又和召伯虎同受王命（皆見〈崧高〉），則這一些詩上及厲，下及宣，這一些人大約都是共和行政之大臣。即穆公虎在彘之亂曾藏宣王於其宮，以其子代死，時代更顯然了。所以〈江漢〉一篇，可在厲代，可當宣世，其中之王，可爲厲王，可爲宣王。厲王曾把楚之王號去了，則南征北伐。城齊城朔，薄伐玁狁，淮夷來輔，固無不可屬之厲王，厲王反而是敗績於姜氏之戎，又喪南國之人。

大、小〈雅〉中那些耀武揚威的詩，有些可在宣時，有些定在厲時，有些或者在夷王時的。既如此明顯，何以《毛序》一律加在宣王身上？曰，這都由於太把《詩》之流傳次序看重了：把前面傷時的歸之厲王，後面傷時的歸之幽王，中間一段耀武揚威的歸之宣王。不知厲王時王室雖亂，周勢不衰，今所見《詩》之次序是絕不可全依的，既如〈小雅．正月〉中言「赫赫宗周，褒姒滅之」，〈十月〉中言「周宗既滅」，此兩詩在篇次中頗前，於是一部〈小雅〉，多半變作刺幽王的，把一切歌樂的詩，祝福之詞，都當做了刺幽王的。照例古書每被人移前些，而大、小〈雅〉的一部被人移後了些，這都由於誤以詩之次序為全合時代的次序。

〈大雅〉始於〈文王〉，終於〈瞻卬〉、〈召旻〉。〈瞻卬〉是言幽王之亂，〈召旻〉是言疆土日蹙，而思召公開闢南服之盛，這兩篇的時代是顯然的。這一類的詩不能是追記的。至於〈文王〉、〈大明〉、〈綿〉、〈思齊〉、〈皇矣〉、〈下武〉、〈文王有聲〉、〈生民〉、〈公劉〉若干篇，有些顯然是追記的。有些雖不顯然是追記，然和〈周頌〉中不用韻的一部之文辭比較一下，便知〈大雅〉中這些篇章必甚後於〈周頌〉中那些篇章。如〈大武〉、〈清廟〉諸篇能上及成康，則〈大雅〉這些詩至早也要到西周中季。〈大雅〉中已稱商爲大商，且云「殷之未喪師，克配上帝」，全不是〈周頌〉中遵養時晦（即兼弱取昧義）的話，乃和平的與諸夏共生趣了。又周毋來自殷商，殷士裸祭於周。俱引以爲榮，則與殷之敵意已全不見，至〈蕩〉之一篇，實是說來鑑戒自己的，末一句已自說明了。

〈大雅〉不始於西周初年，卻終於西周初亡之世，多數是西周下一半的篇章。孟子說「王者之跡熄而《詩》亡，《詩》亡然後《春秋》作」，這話如把〈國風〉算過去，是不合的，然若但就〈大雅〉、〈小雅〉論，此正所謂王者之跡者，卻實在不錯。〈大雅〉結束在平王時，其中有平王的詩，而《春秋》始終魯隱之元年，正平王之四十九年也。

第七講　最早的傳疑文人——屈原、宋玉、景差

「三百篇」後，四言的運命已經終結，既如我們在前文所說：接續四言體制而起的，是所謂「楚辭」一類的詩歌，這類體制影響後來的文學反比《詩經》大得多，所以值得我們格外考校一下。

最可注意的一件事，是中國文學演進到楚辭，已經有指名的文學家了。在《詩三百》中，無論二南、國風，都是民間歌曲之類，正如現在常語所謂「民眾為民眾造的」，固然指不出作者來，即在雅、頌，作者是誰，於文學史上亦無重大的關係。我們只要知道那些篇章各是何時作，便可以看出文學之演化，反正〈小雅〉是時代的怨言，〈大雅〉和〈頌〉是廟堂的製作，都是很少個人性的。這不是說，我們對於這些篇的作者問題理當忽略的。假如我們可以知道這些篇的作者們豈不甚好，不過這些篇的作者問題在漢時已經不能考定，何況現在？並且因為這些篇較少個人性，況又一經作為樂用，以答嘉賓，以為享祭，文學的意味更遠退在樂章的作用以後。《詩經》之存到後世，在初步是靠樂，靠為人解作一切修身之用（如《論語》）。在後代是靠它被當時人作為諫書即當時人系統哲學的一部，並不是靠它的文學，尤不是靠它的作者。譬如被人指為《詩經》作者的，都是一代政治人物或聞人，如周公、莊姜、奚斯、正考父，眞正都是渺不相干的（說見前）。但這情形，到楚辭便全不然了。楚辭的文章是個人性的（〈九章〉等除外），它的傳流不是靠樂的。楚辭有個最大的中心人物屈原。屈原一死便成若干的「故事」所憑託，到後來竟成了神話（如五月五日龍舟節）。自漢以來，大家彷彿覺得楚辭就是屈原，屈原就是楚辭。這樣可以一個文家學爲一種文學的中心，始於屈原，歷來也以屈原的一段爲最大。中國古代的文辭演化到屈原，已經有「文人」了，文詞的作者問題成爲重要問題了，這是和「詩三百」的時代迥然不同的，這件事實是文學史上一個斷代的事實。

辭賦兩個字是沒有分別的，《文選》裡面有賦、有辭、有騷，這個我們固不必如蘇東坡罵作者爲齊梁間小兒，然這樣分法卻實在是齊梁間人強作解事（或者這種強解由來已久）。例如〈懷沙〉是王逸所謂辭的，王逸是只章句辭不選賦的，然司馬子長明明說屈原將死「乃作〈懷沙〉之賦」。《七略》、《漢志》一作於西漢之末，一作於東漢之初，都不分辭賦，可知辭賦之分是東漢人的俗作。《七略》、《漢志》卻把賦分做四類：(1)屈原賦之屬，唐勒、宋玉、莊夫子、賈誼、枚乘、司馬相如、淮南王等屬之；(2)陸賈賦之屬，枚皋、朱建、嚴助、朱買臣、司馬遷、臣嬰、齊臣說、蕭望之、揚雄、馮商等屬之；(3)孫卿賦之屬，所屬者今皆亡。第二目號爲秦時雜賦；(4)雜賦之屬，皆不著作者，而於結語也提出來稱「家」（東漢人用家字義與今殊）。爲什麼這樣分法，我們固難講定。《七略》、《漢志》的分類，原來不是盡美盡善的。但《七略》雖分得每每錯，卻每每代表當時的風尙（如前論諸子略）。賦除雜類以外，既有三宗，我們且不妨測想一下，何以分爲三宗之故。《七略》、《漢志》將賦一律作爲「不歌而誦」，恐不盡當。〈九歌〉、〈招魂〉、〈大招〉固非歌不可，〈九辯〉之性質又和漢〈大風〉、〈秋風〉不兩樣，〈大風〉、〈秋風〉既皆是歌詞，〈九辯〉爲什麼獨不然？又如〈離騷〉九章等篇中之用兮字，都顯是由歌調節奏而生（漢以來自然把兮之用推廣了）。這樣是抒情的節韻，並不是鋪陳的語言，所以我疑屈賦一類。

第八講　楚辭餘音

「三百篇」後，四言詩一體幾乎沒有繼續者。荀賦雖四言，而和風、南、雅、頌的體制完全不同。有些句誠然像是模仿《詩經》的，但孫卿是一個儒者，義理重的畢竟不能成文學的正流。「詩三百」原不是「學者」所成就的業作，而孫卿以學者爲文章雖然有時也能成就一種典型，到底不能理短情長，續「三百」的運命。《樂記》說「詩之失愚」，孫卿不愚，所以孫卿不能爲三百篇作續。我們只好從《七略》、《漢志》的分類，使他和屈原、陸賈鼎足而三，下開漢朝典著中的一倫，而不上當時亡後之餘響。秦刻石雖是四個字成一句，但體裁既完全自作古始，好些處三句一韻的，而那一種赫赫之度，炎炎之神，實在如李申耆所說的話，「亦是斯公焚詩書之故智」，我們自然更不能說它和「詩三百」有什麼關係。至於漢初的四言詩，如唐山夫人《安世房中歌》，原來已成雜言，又是楚調。上和三百不相干。若韋孟的諷諫詩竟全不是詩了。腐詞迂論，不特無詩意，並且全無散文的情趣，一般文章的氣力。可見文學的重要質素，並不在乎擇詞擬句，成形立式，而在感情統率語言之動盪。不然，把韋、孟的諷諫詩一句一句的看下去，何嘗不是雅頌的詞句？然而這些典語，並沒有個切響。但這一線的發展後來愈大，西漢末年已經有這一行的若干「典制」，而蔡邕諛鬼，竟拿這一路的物事制成了所謂「大手筆」。所以四言到了漢世有格無韻，成文不成語，我們當然不更以詩論這些。八代中能作四言詩的，偶然有如曹孟德，能說幾句「慨當以慷」的話，而曹子建能把五言作成文宗，卻不能把四言振作起來，他的四言是失敗的試驗。可見四言之流，早成絕勢。三百篇後，能把四言成隆高造詣者，只有一個陶淵明，他的四言「卓絕後先，不可以時代拘墟」，不過他的四言也只是他的個性，並不曾重爲四言造出一個風氣來。

四言已經不是漢初的文學，漢初的詩歌乃是續楚辭的。漢承秦緒，一切這樣，已如我們在前文所說。秦統一六國，又不過十多年，能革政治，不能革人民的禮樂習俗。楚又是七國中最大的國家，到戰國因疆土包括了中國中部，若干中國文化區域入了它的版圖，反而變了它的文化，這種中國化的楚風，轉向此方發展，文學中又成就了辭賦歌辯的一套大體裁。則漢初的民間文學，風氣當和楚風有關係，是件很自然的事。何況興兵滅秦的人，不分項劉，都是楚人。後來沛公都關中，政府必承秦代之遺留，風氣不能改楚人之習尚，則楚風之能及關中，這層也許有些幫助（《漢書．禮樂志》云「高祖樂楚聲」）。我們看《漢志》的辭賦略，便可見到楚國把漢朝的文學統一得周全，恰和齊秦統一宗教，齊魯統一宗法禮制，三晉統一官術，沒有兩樣。

楚辭的起源當然上和四言下和五言七言詞乃至散文的平話一個道理，最初只是民間流傳的一體，人民自造又自享用的。後來文人借了來，作爲他自己創作的體裁，遂漸漸的變大規模，成大體制，也漸漸的失去民間藝文的自然，失去下層的憑藉，可以不知不覺著由歌詞變爲就格的詩，由內情變爲外論，由精靈的動盪變爲節奏的敷陳，由語文變爲文言。楚辭一體的發達，到漢初，還不曾完全變成了文人的文學，相傳的屈、宋、景、唐文辭，雖然論情詞已經是些個人的，卻到底有些人民化，口傳語授，增損改易，當然是少不了的，屈宋的平生到底只在些故事傳說中。這個「文人化的楚辭」一線上之發達，到賈誼，才完全脫離了故事傳說的地步，文體上也脫離相傳所謂屈宋所作各篇之重重複複，詞無邊際的狀態。這層轉移正因爲由流傳的歌體變爲成篇章的制文之故。枚乘、枚皋、東方朔都尋這一線發達，至司馬相如而「文人之賦」大成。辭和賦本來沒有分別，《七略》、《漢志》固不作這個分別，司馬子長也稱〈懷沙〉爲賦，但楚辭和漢賦在現在看來卻是有些分別；由辭到賦的改變甚漸，然而一步一步地俱有不同。這層改變在下一節詳細說，我們此地只提出一句，說，楚辭入了漢代然後進爲文人的文學之勢急增，至景武間，遂成就了別一個體裁。

楚辭雖然一面沿屈宋以至賈誼等的文人化的一個方向走，體裁愈擴張愈不可歌，一面楚歌之短調當漢初世還在很多地方仍是民間的歌樂，如高帝歌〈大風〉，項羽歌

〈垓下〉，武帝〈瓠子〉、〈秋風〉、〈西極〉、〈天馬〉諸歌，〈烏孫公主歌〉，〈李陵歌〉一切見於上史書之西漢盛時歌詞，在漢武制樂府之前者，十之八九，屬於楚辭一流的短調，只是非史書所載，如樂錄雜記《黃圖》以及好造故事的《王子年拾遺記》所錄一切不可靠的，乃不屬於這一體。大約當時文人化的一宗衍成長篇，遂漸不可歌，民間用的歌詞猶用短調，依然全附音樂而行（現存這些短歌雖都不是些平民造的，然這些帝王將主於此等處只是從民俗之所爲）。恰如北宋末以及南宋初時之詞已經溶化成長闋，文人就賣弄文章，遂多不便歌，而小令猶是通俗的歌調，一個道理（七言久不爲一般歌調，而竹枝、茶歌等一切流行民間之變體仍是七字句，五言失其樂府上之地位更早，而五字成句在現在歌謠中還常見）。直到漢樂府體大興，樂漢的五言樂府又成宗派，然後楚辭的餘響在民間歌詞的區域中歇息。我們不知漢初各地俗樂之分配（《漢書》記載不詳），也不明瞭楚辭歌調怎樣憑附楚樂而行，又不大清楚後來的樂府如何代替了楚歌，所以這一段漢初年楚樂歌流行民間的故事，我們敘說不出詳細來。但地域所被之遠，流行時間之長久，是可尋思的。

論這幾篇楚調短章的文辭，則〈垓下〉、〈大風〉、〈秋風〉、〈天馬〉、〈烏孫〉、〈李陵〉都是歌出來有氣力的文辭。我們論這些歌詞，斷不能拿我們讀抒情詩的眼光及標準去評量一切，即如「采采芣苢，薄言采之」一類的話，若是我們做起詩來即這樣，自然再糟沒有了。但如果我們想像那是田家婦女，八九成群，於晴和的日子，採芣苢，隨採隨唱，則感覺這詩自有它的聲響及情趣，即果不善，也不如我們始想之甚。〈垓下〉、〈大風〉、〈秋風〉、〈天馬〉，以至〈李陵〉、〈烏孫公主〉之詞，以文采論，固無可言（〈秋風辭〉除外），然我們試想作者之身分，歌時之情景，則這些短歌中所表現的氣力，和它言外之餘音，感動我們既深且久，就是到了現在，如我們把它長讀起來，依然振人氣概，動人心脾，所以經兩千年的淘汰，永久為好詩。大約篇節增長，技術益工，不便即算是進步，因為形骸的進步，不即是文章質素的進步。若干民間文體被文人用了，技術自然增加，態情的眞至親切從而減少。所以我們讀大家的詩，每每只覺得大家的意味伸在前，詩的意味縮在後，到了讀所謂「名家」詩時，即不至於這樣的為「家」的容態所壓倒，到了讀「無名氏」的詩乃眞是對當詩歌，更無矯揉的技術及形骸，隔離我們和人們親切感情之交接。那麼，無文采的短章不即是「原形質」，識奇字的賦不即是進步啊！

楚歌
- 短 …… 招魂　大招 ——漸不可歌——
- 漸成長調（長調雖由短調出，然短調猶存。）
  - 九歌之屬 —— 九章之屬（不出一時）…… 離騷
    - 賦　賈誼
    - 枚乘等[1]
  - 九辯（不出一時）（短不致如大風，長不致如九章，可歌性比九章為多。）
    - 游遠
- 中間變不可考 …… 入漢為垓下、大風、天馬、秋風[2]、瓠子、烏孫公主、李陵。

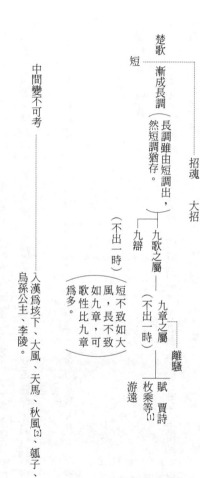

上節所敘列表以明之：

【1】不歌而誦謂之賦，賦遂離辭為獨立之體。

【2】秋風最近九辯。

附錄

項羽〈垓下歌〉

《史記》：項王軍壁垓下，兵少食盡，漢軍及諸侯兵圍之數重。夜聞漢軍四面皆楚歌，項王乃大驚曰：「漢皆已得楚乎？是何楚人之多也！」項王側夜起飲帳中。有美人名虞姬，常幸從，駿馬名騅，常騎之，於是項王乃悲歌慷慨，自爲詩，曰：

力拔山兮氣蓋世，時不利兮騅不逝，騅不逝兮可奈何？虞兮虞兮奈若何！

劉邦〈大風歌〉

《史記》：高祖還歸，過沛，留置酒沛宮，悉召故人父老子弟縱酒。發沛中兒得百二十人，教之歌。酒酣，高祖擊筑，自爲歌詩。曰：

大風起兮雲飛揚。威加海內兮歸故鄉。安得猛士兮守四方！

武帝〈瓠子歌〉

《漢書．溝洫志》：上既臨河決，悼功之不成，乃作歌，曰：

「瓠子決兮將奈何！浩浩洋洋兮殫爲河。殫爲河兮地不得寧，功無已時兮吾山平。吾山平兮鉅野溢，魚弗鬱兮柏冬日。正道弛兮離常流，蛟龍騁兮放遠游。歸舊川兮神哉沛，不封禪兮安知外！皇謂河公兮何不仁，氾濫不止兮愁吾人。嚙桑浮兮淮泗滿，久不返兮水維緩。」一曰：「河湯湯兮激潺湲，北度回兮迅流難。搴長茭兮湛美玉，河公許兮薪不屬。薪不屬兮衛人罪，燒蕭條兮噫乎何以御水！隤林竹兮揵石菑，宜防塞兮萬福來。」

第九講　賈誼

我們在論屈原時，已經略略談到賈誼，司馬遷本是把屈賈合傳的。他如此作的意思，是不是因爲辭賦一體爲他們造成一個因緣（若然，則應知其頗有不同者，因屈原文猶帶傳說之彩色，而賈誼著賦已不屬傳疑也），或者覺得他們兩個人遭逢不偶的命運相同（其實絕不同），或者太史公借著自喻自發牢騷（太史公傳古人，每將感慨繫諸自己，如《伯夷列傳》等等），我們用不著瞎猜謎去；但他兩個人都是在文學上斷時代的，就他們在文學史上所據的地位重要而論，則合傳起來，不爲厚此薄彼。不過我們也要知道屈原究竟是個傳疑的人，賈生乃是信史中的人物罷了。

《史記．屈原賈生列傳》說：

賈生名誼，洛陽人也。年十八，以能誦詩屬書聞於郡中。吳廷尉爲河南守，聞其秀才，召置門下，甚幸愛。孝文皇帝初立，聞河南守吳公治平爲天下第一，故與李斯同邑，而常學事焉。乃徵爲廷尉。廷尉乃言，賈生年少，頗通諸子百家諸書。文帝召以爲博士。是時賈生年二十餘，最爲少，每詔令議下，諸老先生不能言，賈生盡爲之時，人人各如其意所欲出，諸生於是乃以爲能不及也。孝文帝說之，超遷，一歲中至太中大夫。賈生以爲漢興至孝文二十餘年，天下和洽，而固當改正朔，易服色，法制度，定官名，興禮樂，乃悉草具其事，儀法，色尚黃，數用五，爲官名悉更秦之法。孝文帝初即位，謙讓未遑也。諸律令所更定，及列侯悉就國，其說皆自賈生發之。於是天子議以爲賈生任公卿之位，絳灌東陽侯馮敬之屬盡害之，乃短賈生曰：「洛陽之人，年少初學，專欲擅權，紛亂諸事。」於是天子後亦疏之，不用其議，乃以賈生爲長沙王太傅。賈生既辭往行，聞長沙卑溼，自以壽不得長，又以適去，意不自得。及度湘水，爲賦以吊屈原。（辭略）賈生爲長沙王太傅，三年，有鴞飛入賈生舍，止於坐隅。楚人命鴞曰服，賈生既以適居長沙，長沙卑溼，自以爲壽不得長，傷悼之，乃爲賦以自廣。（辭略）後歲餘，賈生徵見，孝文帝方受釐，坐宣室。上因感鬼神事而問鬼神之本，賈生因具道所以然之狀，至夜半，文帝前席。即罷，曰：「吾久不見賈生，自以爲過之，今不及也。」居頃之，拜賈生爲梁懷王太傅，梁懷王，文帝之少子，愛而好書，故令賈生傅之。文帝復封淮南厲王子四人皆爲列侯，賈生諫，以爲患之興自此起矣。賈生數上疏，言諸侯或連數郡，非古之制，可稍削之，文帝不聽。居數年，懷王騎墮馬而死，無後。賈生自傷爲傅無狀，哭泣歲餘，亦死。賈生之死時年三十三矣。

賈生死時只三十三，而死前「哭泣歲餘」，在長沙又那樣不樂，以這麼短的時光，竟於文學史上開一新時代，爲漢朝政治創一新道路，不可不謂爲絕世天才。我們現在讀他的文字時，且免不了爲他動感慨。

驟看賈生的文辭和思想像是甚矛盾，因爲好幾種在別人不能一個人兼具的東西，或者性質反相的東西，在他卻集在一個人的身上。第一，賈生兼通儒家思想及三晉官術。我們在讀他〈陳政事疏〉時，覺得儒術名法後先參伍，一節是儒術之至愈，一節是名法之要言。《漢志》雖把他的著作列在儒家，然不「親親」而認「形勢」，何嘗是儒家的話？荀卿雖然已經以三晉人而儒學，李斯又是先諫逐客而後坑儒生的，究竟不如賈誼這樣的拼合。第二，能侃侃條疏政事，爲絕好之「筆」的人，每多不能發揚鋪張，成絕好之「文」（此處文筆兩字用六朝人義）。賈誼的賦，及〈過秦〉中篇既有那樣的文采，而他的〈過秦〉上、下篇（從《史記》之序）及陳政事各疏又能這樣的密察，不是文人的文字。第三，賈生的政論，如分封諸侯、教傅太子等等，都是以深銳的眼光看出來的，都是最深刻切要的思想，都不是臆想之談，都不是〈鹽鐵論〉一般之腐，卻又謂匈奴不過一大縣，欲繫單于之頸，又彷彿等於一個妄想的書生。賈誼何以有這些矛盾的現象呢？一來，所表示者不由一線而各線爲矛盾的集合以成大造詣時，每每是天才強，精力偉大之表顯，我們不必拘於能夠沾沾自固的一格以評論才人。二來，他初爲河南守吳公「聞其才，召置門下，甚幸愛」，河南守「故與李斯同邑，而常學事焉」，那麼，賈生大有成了李斯「再傳弟子」的樣子。李斯先已學儒術而終於名法，賈生成學之環境及時代當可助成他這樣子的並合眾流。三來，他到底是一個少年的天才，所以一面觀察時政這麼銳敏，一面論到他不見的匈奴那麼荒唐。四來，政治的狀態轉變了以後，社會的狀態不能隨著這政治的新局面同時轉，必須過上一世或若干世，然後政治新局面之效用顯出來。漢初的游士文人（游士與文人本是一行），如酈食其，不消說純粹是個戰國時人，即如鄒陽、陸賈、朱建、叔孫通、婁敬、賈山哪一個不是記得的是些戰國的故事，說得的是些戰國的語言，做得的是些戰國的行事。秦代之學，「以吏爲師」，本不能在民間發達另一種成學的風氣，時期又短，功效未見而亡國，所以漢起來時，一般參朝典，與國政，游諸侯的文士，都是從頭至底戰國人樣子的，到了賈誼我們才看見些漢朝東西。賈誼死於梁懷王死後年餘，梁懷王文帝前十一年薨（西元前一六九）則賈生當死於文帝前十二三年（西元前一六八—前一六七），上距高帝五六年間（西元前二〇二—前二〇一），爲三十三年，賈誼純然是個漢朝的人了。戰國時好幾種不同的風氣，經過秦代的壓迫，楚漢的戰亂以後，重以太平的緣故，恢復起它在社會上的作用時，自然要有些與原狀態不同的分合，政制成一統之後，若干風尚也要合成一個系統，而賈生以他的天才，生在一個轉移的時代，遂爲最先一個漢文章，漢政治思想，漢制度之代表，那麼，賈生之兼容若干趨向，只和漢家之兼有列國一樣，也是時代使然。賈生對封建的制度論實現於景帝時，而他一切儒家思想均成於武帝。賈生不是一個戰國之殿，而是一個漢風之前驅。但他到底是直接戰國的人，所以議政論制，仍是就事論事，以時代之問題爲標，而思解決處理之術，不是拿些抽象名詞，傳遺雅言，去做系統哲學的。以矛盾爲相成的系統哲學，很表示漢代風氣的，並不曾見於賈誼。

賈誼實在把戰國晚年知識階級中的所有所能集了大成，儒術及儒家相傳的故實，黃老刑名，縱橫家之文，賦家之辭，無不集在他一人身上，他以後沒有人能這樣了。

論賈生的著作，大略可分三類：(1)論；(2)賦；(3)疏。〈過秦論〉上節論子嬰，中節論秦成功之盛，衰亡之急，下節論二世（從《史記》之敘）。拿他論二世子嬰的話和他在疏中論漢政的話來比，顯然見得過秦文章發揚，而事實不切，論漢政則甚深刻。想來〈過秦論〉當是他早時在洛陽時的著作，尚未經歷漢廷，得識世政之實。〈過秦〉上、下兩節文章發揚而不豔，雖非盡如六朝人所謂「筆」，然亦不甚

「文」。故昭明不選。〈過秦論〉之中節，乃是魏晉六朝人著論之模範，左太衝有「著論準〈過秦〉，作賦擬〈子虛〉」之言，其影響後人不限一時，陸機〈辯亡〉、干寶〈晉記〉不過是個尤其顯著的模擬罷了。這篇的中節就性質論實在近於賦體，例如他說：「當是時，齊有孟嘗，趙有平原，楚有春申，魏有信陵。此四君者，皆明知而忠信，寬厚而愛人，尊賢而重士，約縱離橫，並韓、魏、燕、趙、齊、楚、宋、衛、中山之眾。於是六國之士，有寧越、徐尚、蘇秦、杜赫之屬爲之謀，齊明、周最、陳軫、昭滑、樓緩、翟景、蘇厲、樂毅之徒通其意，吳起、孫臏、帶佗、兒良、王良、田忌、廉頗、趙奢之朋制其兵。嘗以十倍之地，百萬之眾，叩關而攻秦，秦人開關延敵，九國之師，逡巡遁逃而不敢進。」這些人們時代相差百多年，亦無九國在一起攻秦之事，六國縱約始終未曾堅固地結過一次，然爲文章之發揚不得不把事實說得這般和戲劇一樣，那麼，又和〈子虛〉、〈上林〉的文情，有什麼分別呢？這類的論只可拿做「散文的賦」看。《文選》於論一格裡，〈過秦〉中節之外，還有東方朔非有先生，王褒四子講德（西漢後與此無涉，故不敘舉以下）。這兩篇雖以論史，其實如賦。古來著論本是敷文，不是循理，以循理爲論，自魏晉始（如夏侯太初之論樂毅，江統之論徙戎，乃後世所謂論）。

賈誼的賦現在只存〈鵬鳥〉、〈吊屈原〉兩篇，〈惜誓〉一篇〈史記〉、〈漢書〉都不提，王逸也說疑不能明（《北堂書鈔》、《藝文類聚》、《文選》注《古文苑》所引漢賦多六朝人所擬作）。其中字句雖有些同〈屈原賦〉，但〈吊屈原賦〉不談神仙，而〈惜誓〉卻侈談神仙，也許是後人擬賈誼而作的。我們拿賈誼兩賦與〈離騷〉、〈九章〉比，則不特〈離騷〉重重複複，即〈九章〉亦不免，而賈賦不這樣。這因爲屈賦先經若干時之口傳，賈賦乃是作時即著文的，所以沒有因口傳而生之顚倒。又屈原情重而不談義理，賈賦於悲傷之後，歸納出一篇哲論，這也是文章由通俗體進到文人體時之現象。賈賦的文采都不大豔，都極有氣力，這也是因爲賈生到底不是專爲詞人之業的人。屈君還是一個傳疑中的詞人，賈生已是一個信史上的賦家了。賈賦在後來的影響並不大，後來的賦本是和之以巨麗，因之以曼衍，而賈賦「其趣不兩，其於物無強，若枝葉之附其根本」。（《張皋文敘七十家賦》中〈論賈誼賦〉語）神旨一貫，以致言詞不長，遂不爲後來之宗。

說到賈誼的疏，到趙宋時才發生大影響。自王介甫起，個個以大儒自命的上萬言書，然而做文章氣都太重，都不如賈生論當時題目之切。自東漢時，一般的文調都趨於整齊，趨於清麗采豔，所以他的〈陳政事疏〉自班固而下沒有拿著當文章看他。

這疏中的意思在文景武三朝政治發展上固然有絕大的關係，即就文章論也爲散文創到一個獨至境界，詞通達而理盡至，以深銳的剖析，成高亢的氣力。通篇中雖然句句顯出「緊張」的樣子，而不言過其情，因爲有透徹的思想作著根基，明亮的文辭振著氣勢。拿他的〈陳政事疏〉和荀子著書比，《荀子》說不這樣明白；和《呂覽》比，《呂覽》說不這樣響亮；和《孟子》比，《孟子》說不這樣堅僻；和《戰國策》比，《戰國策》說不這樣要練；和董仲舒比，更斷然顯出天才與愚儒之分（仲舒弟子先以之大愚）。這實在是文學上一種絕高的造詣，聲色和思想齊光，內質和外文並盛。只是東漢以後，文學變成士大夫階級的文飾品，這樣「以質稱文」的製作，遂爲人放在「筆」之列了。

賈生的論似賦，賦乃無後；論雖在六朝勢力大，現在卻只成歷史的痕跡了。只有〈陳政事疏〉，至今還是一篇活文章，假如我們了解文景武三世政情的話。

繼賈誼後，能把政事侃侃而談的，有鼂錯。錯無賈誼之文，政策都是述賈誼的。然錯無儒家氣，所以錯所論引更多實在。

賈誼遺文現在所得見的，只有《漢書》所引之賦和疏，《史記．始皇本紀》替所引之論，現在雖有《新書》流傳，不過這部書實是後人將《漢書》諸文拼成的一集，所補益更無勝義。宋人先已疑之，《四庫提要》承認此事實，而仍爲之回護，無謂也。

附錄 舉目如下

〈吊屈原賦〉、《鵩鳥賦》、〈陳政事疏〉、〈請封建子弟疏〉、〈諫王淮南諸子疏〉（以上見《漢書・本傳》）

〈過秦論〉（見《史記・始皇本紀》）

〈說積貯〉、〈諫除盜鑄錢使民旅鑄〉（以上見《漢書・食貨志》）

第十講　儒林

刑名出於三晉，黃老變自刑名，迂怪生於燕齊，儒術盛於鄒魯。學業因地方而不同，亦因時代而變遷，一派分為數支，數學合為同派。以上這些情形在戰國時代的，我們在前篇中說，現在只談儒術人漢時的樣子。原來儒宗勢力之擴張，在乎他們是些教書匠，在戰國時代的著作看來，儒雖然有時是一思想的系統，不過有時也是一個職業上的名詞。「自行束修以上，吾未嘗無誨焉」，可以顯明地看出儒是職業來。後來術士縱橫之士都號儒，固然因為這些人也學過詩書孔子語（從儒者學的），也因為儒這一個名詞本不如墨之謹嚴，異道可以同文，同文則同為人呼作儒（如秦所坑之儒當然不是拒叔孫通之魯兩生所謂儒）。儒既是「教書匠階級」，遂因為教書而散居四方（孔子常言學，本是他的職業話），貴顯者竟為人君之師。子夏設教西河，魏文侯好儒，以之為師，子貢適齊，澹臺子羽居楚，故孟子前一世之楚人，已有「北學於中國」者（陳良），子思則老於衛。墨與儒為敵，然墨翟亦曾先「修儒者之業，讀孔子之書」，禽滑厘則受業於子夏。儒學之布於中部諸國，子夏居西河之力為大。故戰國末季，儒為顯學，亦成通名。我等固無證據謂戰國時縱橫之士亦號為儒，然漢初號為儒者每多縱橫之士，如陸賈以至主父偃皆是。韓非子謂儒分為八，「自孔子之死也，有子張氏之儒，有子思之儒，有顏氏之儒，有孟氏之儒，有漆雕氏之儒，有仲良氏之儒，有孫氏之儒（孫卿），有樂正氏之儒」。這話不見得能盡當時的儒家宗派，大約僅就韓非所見的說，韓非未嘗到過齊魯（大約如此），當時齊魯另有些宗派。現在看《禮記》及他書所記，漢初儒者所從出，有兩個大師：(1)曾子；(2)荀卿。傳《禮》、傳《論語》者俱稱曾子，漢儒一切託詞多歸之曾子；詩書禮樂之論每涉荀卿，而劉向校書時，《荀子》竟有三百餘篇，去重複，存三十餘篇，其中尚多與《禮記》出入之義。故漢初之儒，與戰國之儒實難分。《管子》、《晏子》書中亦均有儒家語，出於戰國，或出於初漢，亦難定。

儒家雖在戰國晚年已遍及列國，但漢初年儒學仍以齊魯爲西向出發之大本營。在戰國時，儒本有論道傳經之不同，漢朝政治一統，論道者每每與縱橫家俱廢，而兩者又侈復爲一。諸經故訓，是內傳；外傳則推衍其義，以論古今，以衡世人，以辯政治。故詩魯說、《尚書大傳》、《春秋繁露》以及陸賈、賈誼所著，都可說是荀子著書一線下來之流派。現在我們以六經爲分，論漢初儒者所遺之文學。

《詩》

《詩經》釋義之學，毛鄭勝於三家，故三家爲毛淘汰，朱子勝於毛鄭，故毛鄭爲朱子淘汰。清代儒者想回到毛鄭身上的人，所爭得的只是幾個名物上的事，訓詁大有進步，而解釋文義，反而拘束不如朱子，故清儒注了幾遍卻並不能代朱子。嘉慶以來，三家詩之學興，然究竟做不到公羊復興的狀態，因爲公羊傳文，邵公解詁俱存，《繁露》也不失，所以有根據。三家詩六朝即成絕學，借漢儒所引，現在尚得見者，「存十一於千百」，雖可恢復此殘缺，究竟沒有像公羊學那樣子成大宗的憑藉。我們現在就清儒所輯三家詩異文及遺說看，三家詩實在大同小異。大約三家詩之異處，在引申經義，以論政治倫理之處，不在釋經，故「五際」之義，只有齊詩有，魯、韓都沒有。三家皆以詩論道、論政，齊詩尤能與時抑揚，人約一切齊學，都作侈言，都隨時變遷。齊詩如此，遂有五際，公羊如此，流成讖緯，伏書如此，雜以五行。魯詩也是高談致用，但不如齊學雜陰陽而談天人，大約韓詩尤收斂，最少非常異義可怪之論，故流行也最久（此只就漢儒所說及現存若干段中可得之印象論之，其實情甚難知）。舉例而言，太史公是學魯詩的，魯詩也最是大宗，他說：

孔子去其重，取可施於禮義，上采契后稷，中述殷周之盛，至幽厲之缺，始於衽席。故曰，〈關雎〉之亂，以爲〈風〉始，〈鹿鳴〉爲〈小雅〉始，〈文王〉爲〈大雅〉始，〈清廟〉爲〈頌〉始。

太史公讀《春秋》歷譜牒，至周厲王，未嘗不廢書而嘆也，曰：嗚呼！師摯見之矣。紂爲象箸而箕子唏，周道缺，詩人本之衽席，〈關雎〉作，仁義凌遲，〈鹿鳴〉刺焉。

這樣子拿著《詩經》解說一種的系統的政治哲學，和《公羊傳》又有何分別？想當時三家必有若干「通義」，如春秋之胡毋生條例，大一統黜周王魯故宋三世三統等等。大約漢初儒者，都以孔子刪詩修《春秋》皆是撥亂反正之義。《莊子．天下篇》（篇首當是漢初年儒者所修改，六經次序猶是武帝時狀態）說，「詩以道志」，太史公自敘說，「詩長於風」，「詩以達意」，經解「詩之失愚」，這些話都不錯。但把《詩經》張大其辭而作解釋的風氣，自孔子已然。他說：「詩三百，一言以蔽之，曰，思無邪。」又說：「人而不爲周南召南，其猶正墻面而立也與？」這些話，我們也不能怪他，因爲詩在當時是教育，拿來做學人修養用的，故引申出這些哲學來也是情理之常。我們固斷然不能更信這些話是對於詩本文有切解的，但也要明白當時有這些話的背景。對漢儒以《詩經》侈談政治也該一樣。且詩本有一部分只是些歌謠，正靠這種張大其詞得存於世。

關於漢初三家詩義，可看陳喬樅等著作，此處不及多說。

《書》

《詩》於景帝時即是三家，三家雖大同，究不知出於一家否。《書》卻只有一家。歐陽大小夏侯皆出自伏生。亦稱伏勝。西漢經學家，《今文尚書》的最早傳授者，時稱伏生，濟南人。秦時爲博士，自昭帝時，鬧《大誓》問題起，一切的所謂《古文尚書》叢出不窮，經學之有古文問題，自《尚書》始。漢朝《詩》學起於多元，而終於無大異（《毛詩》在外），《書》學起於一元，而終於分歧。

伏生說書，也不是專訓詁，也是借書論政，雜以故事，合以陰陽，一如《春秋》及《詩》之齊學。現在抄陳壽祺輯定大傳之二節，前節《唐傳》，後節《略說》。

維五祀，定鐘石，論人聲，乃及鳥獸，咸變於前。故更著四時，推六律六呂，詢十有二變，而道宏廣。五作十道。孝力爲右，秋養耆老，而春食孤子。乃浡然招樂，興於大鹿之野。報事還歸二年，譚然乃作《大唐之歌》。樂曰：舟張辟雍，鶬鶬相從。八風回回，鳳皇喈喈。歌者三年，昭然乃知乎！王世明，有不世之義。維十有三祀，帝乃稱王而入唐郊，猶以丹朱爲尸，於時百事咸昭然，乃知王世不絕，爛然必自有繼祖守宗廟之君。維十有四祀，鐘石笙管，變聲樂，未罷，疾風發屋，天大雷雨。帝沉首而笑曰，明哉非一人之天下也。乃見於鐘石。帝乃雍而歌者重篇，招爲賓客而雍爲主人，始秦肆夏，納以孝成。還歸二年，而廟中苟有歌大化大訓天府九原，而夏道興。維十有五祀，祀者祀者，舜爲賓客而禹爲主人。樂正進贊曰，尙考室之義，唐爲虞賓，至今衍於四海，成禹之變，垂於萬世之後。於時卿雲聚，俊人集，百工相和而歌卿云，帝乃倡之曰：卿雲爛兮，禮（原注：禮字當作糺）縵縵兮。日月光華，旦復旦兮。八伯咸進稽首曰：明明上天，爛然星陳。日月光華，宏予一人。帝乃再歌旋持衡曰：日月有常，星辰有行。四時從經，萬姓允誠。於予論樂，配天之靈。遷於賢聖，莫不咸聽。鼚乎鼓之，軒乎舞之。菁華已竭，褰裳去之。於時八風循通，卿雲藂藂。蟠龍賁信於其藏，蛟魚踴躍於其淵。龜鱉出於其穴，遷虞而事夏也。

子夏讀書畢，孔子問曰，吾子何爲於《書》？子夏曰，《書》之論事，昭昭若日月焉，所受於夫子者，弗敢忘。退而窮居河濟之間，深山之中，壤室蓬戶，彈琴瑟以歌先王之風，有人亦樂之，無人亦樂之，上見堯舜之道，下見三王之義，可以忘死生矣。孔子愀然變容曰，嘻！子殆可與言《書》矣！雖然，見其表未見其裡，窺其門未入其中。顏回曰，何謂也？孔子曰，丘常悉心盡志以入其中，則前有高岸，後有大溪，塡塡正立而已。《六誓》可以觀義，《五誥》可以觀仁，《甫刑》可以觀誡，《洪範》可以觀度，《禹貢》可以觀事，《臯陶謨》可以觀治，《堯典》可以觀美。

大傳現在只有這個輯佚本，然已可看其雜於五行陰陽之學，純是漢初年狀態。西漢儒者本不以故訓爲大業（以故訓爲大業東漢諸通學始然），都是「通經致用」的人們。

《禮》

《禮》本無經，因爲《禮》之本不明文字的事，漢初儒者以戰國時之士禮十七篇當之（此雖古文說然甚通），鄭注的《儀禮》即是這個。據《漢書．儒林傳》禮學之傳如下：

魯高堂生（不知徐生是否受之高堂）

魯徐生——子失名——孫延

襄

徐氏弟子——公戶滿意（不知徐氏何代弟子）

桓生單次

—瑕丘蕭奮—東海孟卿—後蒼—沛聞人通漢（子方）

—梁戴德（延君）—琅琊徐良（游卿）
「大戴」

—戴聖（次君）—梁橋仁（季卿）、楊榮子孫
「小戴」

—沛慶普（孝公）—魯夏侯敬、族子咸
「慶氏」

《禮記》

二戴所傳之記中，多存漢早年文學，現在舉幾篇重要的敘說一下子，其但關於制度，祭祀的，考證應詳，非一時所能就，故從缺。

《曲禮》

這篇文章恰如這個名字，所談皆是些禮之節，無長段，都是幾句話的小段。從開始「不敬」起，至「貧賤而知好禮，則志不懾」，稍談修養並極言禮之重要，以下便是一條一條的雜記了。所記多是些居室接人的樣子，很可表現魯國儒家（一種的）之樣子主義，也有很多是釋名稱的，如前邊所舉「十年曰幼學」等等，末尾尤多。這篇東西的材料大約多是先秦，然也有較後的痕跡。如「去國三世，爵祿有列於朝，出入有詔於國，若兄弟宗族猶存，則反，告於宗後；去國三世，爵祿無列於朝，出入無詔於國，惟興之日，以新國之法」。這斷非漢朝一統天下時代的話，且所舉名稱與《禮》，多與《春秋》合，與《孟子》、《荀子》亦有同者。所以這部書的大多部分應是先秦的物事，或者竟在春秋戰國之交。這本書裡包含很多魯國「士階級」之習俗及文教，故歷史材料的價值很大。然很後的增加也有，如「行，前朱雀而後玄武，左青龍而右白虎」，這已經純是秦漢間方士之談了。

《檀弓》

這篇恐是《禮記》中最早之篇，所記雖較長，不如《曲禮》之簡，彷彿繁者宜居後，然裡面找不出一點秦漢的痕跡來（這篇裡所記多魯故，間有衛齊晉事，無戰國事，所記晉獻文子之張老，猶在前也）。所記固是喪葬祭一流的事，而和《論說》、《孟子》、《荀子》相發明處很多，所列的些名字也多是春秋末乃至戰國時儒家或與儒家多少相涉的人。取韓非儒分爲八之言以校之，則數家之名見於此篇，取墨子非儒之義以核之，則此篇裡恰有爲墨論引以爲矢的的話（《檀弓上》：孔子曰：「之死而致，死之不仁，而不可爲也，之死而致生之不知，而不可爲也。是故竹不成用，瓦不成味，木不成斲，琴瑟張而不平，竽笙備而不和，有鐘磬而無簨虡，其曰明器神之也。」此外一切以喪祭爲人生唯一重事的話，皆墨家所力攻者）。《論語》孔子叩原壞之脛，曾子臨死戰戰兢兢之言，孟子有若似夫子等語，在《檀弓》裡都有一個較詳的敘述。這篇裡面已經把孔子看做神乎其神，《史記》野合而生孔子之說，雖尚未出，然孔子在《檀弓》中已不知其父之墓，且已是損益三代，宗殷文周的人，並可預知其死了（《國語》已把孔子看成神人，這需要至少好幾十年，孔子同時人斷無如此者，故《國語》左氏作者斷非孔子之友「魯君子左丘明」）。所有一切服色、宗制，漢代儒者專以為業的，在這書裡也有端了。曾子一派下來之魯國正統儒家，在這篇裡已經很顯得他的勢力了。這篇裡實在保存了很多很多可寶貴的七十子後荀子前儒家史料。

《王制》

《王制》中的制度與《孟子》、《周禮》各不同，究是何王之制，漢儒初未曾明說。如說是三王一貫之制，乃眞昏語。東漢盧植以為《王制》是漢文帝令博士諸生所作（引見《經典釋文》卷一及卷十一），大約差近。《周禮》之僞，最容易看出的地方，在它的整齊及瑣碎，是絕不能行之制度，《王制》之僞，最容易看出的地方，在它的刻板的形式，也是絕不能行之制度。如說，「凡四海之內九洲，州方千里，建百里之國三十，七十里之國六十，五十里之國百有二十，凡二百一十國，名山大澤不以封。其餘以爲附庸閒由。八州，州二百一十國。天子之縣內，方百里之國九，七十里之國二十有一，五十里之國六十有三，凡九十三國，名山大澤不以盼，其餘以祿士以爲閒由」。這樣的制度，就是新開闢的美洲，拿著經緯線當省界的，也還辦不到。但這篇中若干的禮制與初年儒家說相發明，其教胄子，論選士，合親親及名分之誼以折獄，戒侈靡，論養老等，皆漢初儒者以爲要政者，試與賈誼疏一校即知。其不帶著戰國的色彩，亦甚顯然，蓋戰國人論制，無此抽象，無此刻板，無此系統者。所以盧植以爲文帝令博士作，即使無所本，也甚近情，實不能因盧是古學，古學用《周官》遂大抑王制也。

這篇很代表漢初年儒家的政治思想。《禮記》由二戴刪錄，二戴不與古文相干，所以這一篇還能經古文學之大盛而遺留。但鄭玄覺其與《周禮》違，遂創爲殷制之說，此實不通之論。

《王制》自古文學興後，即不顯，朱文公亦不喜他，直到清嘉慶後，今文學復興，以後以經籍談政治者，愈出膽愈大，於是《王制》竟成素王手制之法。此種議論，發之康長素，本甚自然，發之紹述王段之俞蔭甫乃眞怪事，總是一時習俗移人呵。

《月令》

這一篇同時見於《呂覽》，又刪要見於《淮南鴻烈．時則訓》。然《淮南子》有此無足異，《禮記》與《呂覽》有此，俱甚可怪。這篇整齊的論夏正，應該是漢初陰陽家的典籍，這個照道理放不進儒家的系統之內，而與《呂氏春秋》的其他各篇也並不相連屬，但秦始皇帝坑燕齊海上術士，而扶蘇諫曰，諸儒皆誦法孔子，荀卿亦以五行譏孟子子思，那麼，陰陽家的勢力浸入儒家，由來甚久了。到漢時，刑名黃老儒術無不爲陰陽所化，《易》竟爲六經之首，結果遂成了圖錄讖緯。然陰陽學在當時頗解些自然知識（看《淮南子》），曆法其一。《禮記》中之有《月令》，是漢先年儒術陰陽合糅的一個好證據。至於以《十二紀》分配《呂覽》十二卷，應該也是漢人的把戲。（本書《序意篇》云，「凡十二紀者所以紀治亂存亡也，所以知壽夭吉凶也。」是未嘗紀曆也。）

《曾子問》

所論皆禮之支節，又傳會孔子問禮老聃事。

《文王世子》

漢早年每以良儒爲太子諸王太傅，雖文景不喜儒，這個風尚卻流行。我疑這篇正是當時傅太子或傅諸王者之作，然無論如何，此是漢代所作，中云，「遂設三老五更群老之席位焉」，三老五更是秦以來爵。

《禮運》

《禮運》運字之解釋，當與「天其運乎」、「日月運行」之運同，指變動言，故始終未必如一。但，縱使如此，此篇之不一貫尚極明顯，細按之實是拼湊好幾個不同的小節而成，每節固非如注疏本中所章句者之短，而亦不甚長，前後反覆及顛倒之痕跡，已有數處。這篇裡有一個甚顯著的色彩，就是這一篇雜黃老刑名之旨，並不是純粹儒家的話。如：

是故禮者君之大柄也（按，禮是儒者之詞，柄是刑名之語），故政者君之所以藏身也（按，此是黃老馭政之術），故君者立於無過之地也。故君者所明也，非明人者也，君者所養者，非養人者也，君者所事也，非事人者也。故君明人則有過，養人則不足，事人則失位，故百姓則君以自治也，養君以自安也，事君以自顯也。故禮達而分定，故人皆愛其死而患其生（此亦儒道刑名混合語）。

尤其有趣的是最前兩大節，宗旨完全相反。第一大節中說：「今大道既隱，天下爲家，各親其親，各子其子，貨力爲己，大人世及以爲禮，城郭溝池以爲固，禮義以爲紀，以正君臣，以篤父子，以睦兄弟，以和夫婦，以設制度，以立田里，以賢勇知，以功爲己，故謀用是作，而兵由此起，禹、湯、文武、成王、周公由此其選也。此六君子者，未有不謹於禮者也，以著其義，以考其信，著有過，刑仁講讓示民有常。如有不由此者，在勢者去，衆以爲殃。是謂小康。」已經極言禮爲世運既衰後之產物，維持衰世之品。其下言偃忽問，「如此乎禮之急也」已不銜接，而孔子答語，「夫禮，先王以承天之道，以治人之情……夫禮必本於天」，又這樣稱禮之隆。這顯然不是一篇之文，一人之思想。

此篇第一節中論天下爲公之大同思想，爲近代今文學家所開始稱道，實是漢初年儒道兩種思想之混合，且道之成分更多。漢武帝以後，經宋學清學，無多人注意此者，最近始顯。

《學記》

此篇是漢初儒者論教及學之方，並陳師尊之義。中引兌命，在伏生已佚，不知何據。又引記，不知何記。漢先年儒者生活之狀態，此篇可示其數端。

《樂記》

此篇有一部分與《荀子》樂論參差著相同。但荀子注重在駁墨，此則申泛義而已。此篇當是漢儒集戰國及漢初儒者論樂之文貫串起來成這一篇，以論樂之用。未有三老五更之詞，可見裡邊有漢朝的材料。

《經解》、《哀公問》、《仲尼燕居》、《孔子閒居》

此數篇皆論禮之用及其節制，頗有與《荀子》相證處，要是漢初年儒者述而兼作之言。

《中庸》

《中庸》顯然是三個不同的分子造成的，今姑名之爲甲部、乙部、丙部。甲部《中庸》從「子曰君子中庸小人反中庸起」，直到「詩曰，妻子好合，如鼓琴瑟，兄弟既翕，和樂且耽。宜爾室家，樂爾妻孥。子曰，父母其順矣乎！」開頭曰中庸，很像篇首的話（現在的篇首顯然是一個後加的大帽子），這甲部中所謂中庸，全是兩端之中，庸常之道，寫一個下大夫上士中間階級的世家人生觀，所以結尾才是「妻子好合，如鼓琴瑟，兄弟既翕，和樂且耽。宜爾室家，樂爾妻孥。子曰，父母其順矣乎」。一流的話，不述索隱行怪，而有甚多的修養，不談大題目，而論家庭社會間事，顯然是一個文化甚細密中的東西（魯國），顯然不是一個發大議論的文筆（漢儒）。相傳子思作《中庸》，看來這甲部《中庸》，與此傳說頗合。要之，總是這一類的人的文字。乙部《中庸》，從「子曰：鬼神之爲總其盛矣乎」起，直至「明乎郊社之禮帝嘗之義治國其如示諸掌乎」止，與甲部《中庸》完全不相干，反與《禮記》中《論郊祀》、《論祭》、《大傳》諸篇相涉，其爲自他篇羼入無疑。丙部《中庸》自「哀公問政」以下直至篇末，「上天之載無聲無臭至矣」，合著頭上那個大帽子，由「天命之謂性」至「致中和，天地位焉，萬物育焉」，共爲一部。這一部中的意思，便和甲部完全不同了，這純是漢儒的東西。這部中間，所謂中庸，已經全不是甲部中的「庸德之行，庸言之謹」，而是「中和」了。《中庸》在甲部本是一家之「小言詹詹」，在這丙部中乃是一個會合一切而謂共不衝突（即太和）之「大言炎炎」。蓋中之初義乃取其中之一點而不偏於兩端之一，丙部中所謂中者，以其中括有其兩端，所以仲尼便「祖述堯舜（法先王），憲章文武（法後王），上處天時（羲和），下襲水土（禹）」，這比孟子稱孔子之集大成更進一步了。孟子所謂金聲玉振，尚是論德性的話，此處乃是想把孔子包羅一切人物。孟荀之所以不同，儒墨之所以有異，都把它一爐而熔之。九經之九事有些在本來是不相容的，如親親尊賢，在戰國是兩派思想，親親者儒，尊賢者墨，此乃「並行而不相害，並育而不相悖」，這豈是晚周子家所敢去想的？然而《中庸》究竟不能太後了，因爲雖提到禎祥，尚未入讖緯，但也許盧植有所刪削。

西漢人的思想截然和晚周人的思想不同，西漢人的文章也截然和晚周人的文章不同。我想，下列幾個標準，有時可以助我們決定一篇的文章屬於晚周或漢世。

(1)就事說話的晚周，做起文來的是西漢的。

(2)對當時問題而言的是晚周的，空談主義的是西漢的。

(3)思想成一貫，然並不爲系統的鋪排的，是晚周，爲系統的鋪排的，是西漢（自《呂覽》發之）。

(4)凡是一篇文章或一部書，讀了不能夠想出它的時代的背景來的，就是說，發的議論是抽象，對於時代獨立的，是西漢，而反過來的一面，就是說，能想出他的時代的背景來的，卻不一定是晚周。因爲漢朝也有就事論事的著作家，而晚周卻沒有憑空成思之爲方術者。

《呂覽》是中國第一部一家著述，以前只多見些語錄（《論語》不必說，即《孟子》等亦是記言之文）。談話究竟不能成八股，所以戰國以文代言的篇章總有個問題在前面，且以事爲學，也難得抽象。漢儒不以事爲學而以書爲學，不以文代言，而以文爲文，所以才有那樣磅礴而混沌的氣象。漢儒竟有三年不窺園亭者，遑論社會？那麼，他的思想還不是書本子中的出產品嗎？

《中庸》一書前人已疑其非子思作，如「載華岳而不重」，若是子思，應爲岱宗。又「今天下，書同文，車同軌，行同倫」，這當然不是先秦的話。此數點前人已論，故不詳說也。

《中庸》爲子思作一說，見《史記》，而《漢志》有《中庸》說二篇，不知我們上文所論乙丙兩部是不是說二篇中之語。

《儒行》

哀公問儒冠儒服於孔子一說，已見於《荀子》三十一〈哀公篇〉，然意思和〈儒行篇〉全不同。〈哀公問篇〉中，問舜冠，孔子不對，以其不問蒼生而問此。又問紳委章甫有益於仁否，孔子告以服能致善。這都未嘗答以不知儒服。漢高帝惡儒生，罵人曰豎儒，隨時溺儒冠，所謂以儒服爲戲者，大約即是他，及他這一類人。〈儒行篇〉中只言儒服儒冠受之自然（「丘少居魯，衣逢掖之衣，長居宋，冠章甫之冠，丘聞之也，君子之學也，博其服也，鄉丘不知儒服。」）卻不敢詆毀笑儒服者，而以儒行對當之，這恐是漢初儒者感受苦痛自解之詞。哀公即劉季也。

《大學》

《孟子》說：「人有恆言，皆曰天下國家。天下之本在國，國之本在家，家之本在身。」可見《孟子》時尚沒有一種完備發育的「身、家、國、天下」之系統哲學，《孟子》只是始提到這個思想。換言之，這個思想在《孟子》時是胎兒，而在《大學》時已是成人了。可見《孟子》在先，《大學》在後。《大學》總是說平天下，而與孔子、孟子不同。孔子時候有孔子時候的平天下，「九合諸侯，一匡天下」，如齊桓晉文之霸業是。孟子時候有孟子時候的平天下，所謂「以齊王」是。列國分立時候的平天下，總是講究天下如何定於一，姑無論是「合諸侯匡天下」，是以公山弗擾爲東周，是「以齊王」，總都是此國與國間的關係；然而《大學》之談平天下，但談理財，即以財爲末，又痛非聚斂之臣。理財原來只是一個治國的要務，到了理財成了平天下的要務，必在天下已一之後。可見《大學》不先於秦皇。《大學》引，《秦誓》，秦向被東方諸侯以戎狄視之，他的掌故是難得成爲東方的學問的。《書》二十八篇，出於伏生，伏生故秦博士，我總疑書中有《秦誓》，是伏生做過秦博士的痕跡。這話要眞，《大學》要後於秦代了。且《大學》篇末大罵一陣聚斂之臣，不如盜臣，進之四夷，不與同中國等等。漢初兵革紛擾，不成政治，無所謂聚斂之臣，文帝最不曾聞聚斂之臣，而景帝也不聞曾用過，直到武帝時才大用而特用，而《大學》也就大罵而特罵了。《大學》總不能先於秦，而漢初也直到武帝才用聚斂之臣，如果《大學》是對時政而立論，那麼，這篇書或者應該作於孔伋、桑弘羊登用之後，輪臺下詔之前罷！

《大學》、《中庸》之爲顯學自宋始，仁宗始御書此兩篇以賜新科狀元王拱宸，十數年而程學興，誠所謂利祿之途使然。在此一點，漢宋兩代學問有何不同？（《中庸》古已顯，惟未若宋後之超於經上，《大學》則自宋始顯耳。）

《大戴記》

《大戴記》現存篇章不完，乾隆間儒者以《永樂大典》核之，稍有所得，而篇數的問題至今難決。現在抄錄通行本的決敘如下面。

……
主立第三十九
哀公問五義第四十
哀公問於孔子第四十一
禮三本第四十二
……
禮察第四十六
夏小正第四十七
保傅第四十八
曾子立事第四十九
曾子本孝第五十

曾子立孝第五十一
曾子大孝第五十二
曾子事父母第五十三
曾子制言上第五十四
曾子制言中第五十五
曾子制言下第五十六
曾子疾病第五十七
曾子天圓第五十八
武王踐阼第五十九
衛將軍文子第六十
…………
五帝德第六十二
帝系第六十三
勸學第六十四
子張問入官第六十五

盛德第六十六
明堂第六十七
千乘第六十八
四代第六十九
虞戴德第七十
浩志第七十一
文王官人第七十二
諸侯遷廟第七十三
諸侯衅廟第七十三
小辯第七十七
用兵第七十五
小間第七十六
朝事第七十七
投壺第七十八
公府第七十九

本命第八十

易本命第八十一

按，此書之少獨立性質，一校即見。〈主言〉與王肅《家語・王言》合，〈哀公問五義〉與《荀子・哀公篇》二節合，〈哀公問於孔子〉與《小戴記・哀公問》合，〈禮三本〉與《荀子禮論》第二節合，〈禮察初〉同《小戴經解》，後一部分與《漢書・賈誼傳》合，〈夏小正〉在《隋書・經籍志》尚獨立，〈保傅〉則全是《賈誼傳》語。曾子立事至曾子天圓，《漢志》別有《曾子》十八篇，王應麟、晁公武即以此十篇當之，不爲無見。武王踐阼純是道家語（或亦一種《逸周書》），衛將軍文子則多同仲尼弟子列傳，而太史公只云取《論語・弟子同》，不言取此。〈五帝德帝系姓〉則同於《史記・五帝本紀》，〈勸學〉則大同於《荀子》第一篇。〈盛德〉、〈明堂〉兩篇爲一爲二，東漢許鄭已有爭論。〈千乘〉、〈四代〉、〈虞戴〉、〈德誥志〉、〈小辯〉、〈用兵〉、〈小間〉七篇，王應麟據《三國・蜀志・秦宓傳》裴注引劉向《七略》，「孔子三見哀公，作《三朝記》七篇，今在《大戴禮》」之語，定爲即《漢志》、《論語》類之《三朝記》。〈遷廟〉、〈興廟〉兩篇疑實一篇，其中一部同《小戴雜記》；〈朝事〉多同《小戴聘義》及《周禮》、《典命》、《大行人》、《小行人》、《司儀掌客》等，〈投壺〉合於《小戴記》。〈公符〉末有昭帝冠辭，〈本命篇〉中一節合於《小戴．喪服四制》。這樣的凌遲看看與諸書合，很不像一個能在西漢時與《小戴記》有分家的資格的書。且一部獨立的書，自己沒有獨立的性質，篇篇和別些書綜錯著相合，而自己反見出一個七拼八湊的狀態來，殊不近於情理。所以找疑現存的《大戴記》是《禮記》盛行之後，欲自樹立門戶者，將故書雜記拼合起來，且求合於劉向許鄭所論列，至《漢志》所舉百三十篇以內，《小戴》四十九篇以外之所謂《大戴記》，其本來面目早已不見了。如果這個設想不錯，則今本《大戴記》之原本，當是魏晉宋間人集史說子家而成之，若王肅家語，不過不必有王肅的那個反鄭的作用罷了。後來又喪失數十篇，又將《夏小正》加入，並且和《隋志》也不合啦。所謂十三卷，無非湊合《隋志》所舉之數（其實《隋志》中《夏小正》尚獨立）。

我疑《禮記》自《後蒼》、《二戴》後，四十九篇已成本書，此外篇章，原無定本，因傳學之人之好尚而或增或減；文籍上初無所謂《大戴》、《小戴》之分（大小戴之分，疑在後（東漢），裴引別錄恐非原文）。亦無所謂二戴慶氏三家之別（雖並立學官，實無大異，他經今文分立同）。漢博士分立，每因解說之小不同，不盡由篇章之差異，書之有大小夏侯，公羊之有嚴顏，皆是也。《漢書》謂橋仁季卿爲小戴學，劉向《別錄》謂其傳《禮記》四十九篇，《後漢書》則謂其從同郡戴德學，《後漢・曹褒傳》，父充，傳慶氏禮，「褒亦傳《禮記》四十九篇，教授諸生千餘人，慶氏學遂行於世」，是四十九篇三氏所共（今本《大戴》題九江太守戴德，是又弟冠兄戴矣）。自劉向、班固以來，引用禮篇，頗出今本大、小《戴記》之外，篇名已有佚者，即篇名尚在引文卻不見，是四十九篇之外隨時有多出者，直到鄭注始成畫一。其引文篇名在，而文不在者，是今本四十九篇中與當時本有出入。《經典釋文》引晉陳邵云，「馬融、盧植考諸家同異，附戴聖篇章，去其繁重，及所敘略，而行於世，即今之《禮記》是也。鄭玄亦依馬鄭之本而注焉」。此語如實，則今傳《禮記》之字句是馬盧鄭玄三家定本，而鄭氏定本以前，三家分別之實，已無可盡考。鄭君雖說：「戴德傳《禮》八十五篇，則《大戴禮》是也，戴聖傳《禮》四十九篇，則此《禮記》是也。」但鄭君所謂《大戴禮》是什麼東西，殊不可考，亦不能斷定其必盡在《漢志》百三十一篇之內。今本《大戴》可疑滋多，已如前一節所說，並非鄭所謂者。

但假如我們以爲「《大戴禮》是後來拼湊成的」之一說不差，我們卻不能輕視這部材料書，其中誠保存不少古材料。讀者試以《大戴禮》之文句與大體合於他書者，比較一下，或者可以看出先後雜糅、更改、刪加等事來。歐洲人所發達之章句批評學（Text Criticism）實在是「手抄本校勘學」，由校勘而知其系統。乾嘉間儒者之校勘，精闢實過於歐洲，只因所據不過幾個宋本，所參不過幾部類書，及《永樂大典》，故成績有時局促。王靜安君據敦煌出土材料，成其考定切韻數抄本之著作，可以為模範者，也只是把不同的本子比一下子，因其不同，如其系統之別。如用這一法於《大戴禮記》，或者可得些新知識（即是以《大戴》為校書之用）。

《禮記》四十九篇中，無為古文學撐場面者，然除《王制》以外，亦無與古文學大衝突的話。這因為二戴慶氏本是今文，又或者為古學之馬盧刪其今文色彩之重者，故有現在不即不離的情形。

與《禮記》關係最多之子家，非《孟子》，實《荀子》。《荀子》大約是漢初年言學者所樂道，故文章重複至三百二十二篇（見劉向所敘），故研究《禮記》，非參考《荀子》不可。

《禮記》中《大學》、《中庸》、《樂記》、《經解》等篇，顯然是西漢之文，重而不華，比而不豔，博厚而不清逸。系統多而分析少，入東漢後，文章不是這樣子了。

《樂》

關於樂一藝之文學，《漢志．六藝略》著錄百六十五篇，現在除《樂記》二十三篇外，皆知其佚。此處《樂記》二十三篇與現在《禮記》中《樂記》之關係如何，亦難定。現存材料不夠我們作結論的。《樂》與文學出產之關係至大，而六經之樂與文學出產之關係乃至小，今故不論。

《易》

《易》和孔子沒有關係，也和儒家沒有關係。孔子晚而喜《易》韋編三絕之說，最早見於今本《史記》。《論語》上只有一句提到《易》的，即「加我數年，五十以學易，可以無大過矣」。然此易字在《魯論》是亦字，從下文讀，古論始改爲易。《古論》向壁虛造，本不可信，那麼，《論語》是不曾談到易一字的，《孟子》、《荀子》都不引《周易》。《左氏》、《國語》所引《周易》並不與現存《周易》同

（自然有同處）。且《易》本爲卜筮之書，《史記》有明文，《史記．儒林傳》敘，舉孔子與《詩》、《書》、《禮》、《樂》、《春秋》五經之關係，無一字談《周易》，自敘謂太史公學天官於唐都，受易於田何，習道論於黃子，也是把易與方術一齊看，疑《仲尼弟子列傳》之談易，皆後人所補（如劉歆一流人）。且《史記．五帝紀》無一語采繫辭，繫辭必非子長所見（一知百慮之言當據別文）。又《儒林傳》云：「魯商瞿受易孔子，孔子卒，商瞿傳易，六世至齊人田何，字子莊（此六世之傳，《漢書．儒林傳》與《史記．仲尼弟子傳》不同），而漢興。田何傳東武人楊同子，仲子仲傳菑川楊何。何以易元光元年徵官至大夫。」按，周敬王四十一年即魯哀公十六年（西元前四七九）孔子卒，下至漢元光元年（西元前一三四）三百四十五年。八世傳三百四十五年，必平均師年四十四，弟子始生，八代平均如此，天下無此事。且《史記》、《漢書》所記之傳授，由魯而江東，由江而燕，而東武，而齊，準以漢世傳經之例，無此輾轉之遠，此爲虛造之詞無疑，易本愚人之術，孔子不信，孔子並禱亦不爲，何況卜筮？《易》實是齊國陰陽之學，與儒術本不相干，而性相反，自戰國晚年，儒生術士不分，而《易》始成平學。

《易》、《十翼》皆是漢時所著，即現存繫辭狀態想亦非司馬子長所及見，其他可知矣（子長雖引《易大傳》然並未引《伏生》等雅訓之言，知所見不同今繫辭也）。儒家受了陰陽化，而五經之外有易；陰陽家受了儒化，而易有文言繫辭。

《春秋》

孔子和《春秋》的關係之不易斷，已如我們在論孔子時所說，現在我們只談漢初年的春秋學。原來《春秋》是公羊所傳，《春秋》即是《公羊》，《公羊》即是《春秋》。穀梁本有把公羊去泰去甚的痕跡，而《左氏》則是劉歆等把《國語》割裂了來作僞，此兩節均待後來說。《公羊傳》何時著於竹帛，《史記》、《漢書》俱無明文，後漢戴宏敘云（引見《公羊注疏何序疏文》）：「於夏傳與公羊高，高傳與其子平，平傳與其子地，地傳與其子敢，敢傳與其子壽。至漢景帝時，壽乃共弟子齊人胡毋子都著於竹帛。」現在傳文全存；胡毋生條例，何休依之爲解詁。但何去胡毋生三百年，此中公羊學之變化正不少，雜圖讖其尤者，故現在從解詁中分出胡毋生之條例來，也不容易。今抄《注疏》本卷第一於下，以見公羊春秋之義法及文辭。就釋經而論，乃是望文生義，無孔不鑿；就作用而論，乃是一部甚超越的政治哲學；支配漢世儒家思想無過此學者。

《隱公》

元年春王正月，傳：元年者何？君之始年也。春者何？歲之始也。王者孰謂？謂文王也。曷爲先言王而後言正月？王正月也。何言乎王正月？大一統也。公何以不言即位？成公意也。何成乎公之意？公將平國而反之桓。曷爲反之桓？桓幼而貴，隱長而卑，其爲尊卑也微，國人莫知；隱長又賢，諸大夫扳隱而立之，隱於是焉而辭立，則未知桓之將必得立也。且如桓立，則恐諸大夫之不能相幼君也，故凡隱之立爲桓立也。隱長又賢，何以不宜立？立適以長不以賢，立子以貴不以長。桓何以貴？母貴也。母貴則子何以貴？子以母貴，母以子貴。三月，公及邾婁儀父盟於眛。及者何？與也。會及暨皆與也，曷爲或言會或言及或言暨？會猶最也，及猶汲汲也，暨猶暨暨也。及我欲之，暨不得已也。儀父者何？邾婁之君也。何以名？

字也。曷爲稱字？褒之也。曷爲褒之？爲其與公盟也。與公盟者衆矣，曷爲獨褒乎此？因其可褒而褒之。此其爲可褒奈何？漸進也。眛者何？地期也。夏五月，鄭伯克段於鄢。克之者何？殺之也。殺之則曷爲謂之克？大鄭伯之惡也。曷爲大鄭伯之惡？母欲立之已殺之，如勿與而已矣。段者何？鄭伯之弟也。何以不稱弟？當國也。其地何？當國也。齊人殺無知何以不地？在內也；在內雖當國不地也，不當國雖在外亦不地也。秋七月，天王使宰咺來歸惠公仲子之賵。宰者何？官也。咺者何？名也？曷爲以官氏宰士也。惠公者何？隱之考也。仲子者何？桓之母也。何以不稱夫人？桓未君也。賵者何？喪事有賵，賵者蓋以馬，以乘馬束帛、車馬曰賵，貨財曰賻，衣被曰襚。桓未君則諸侯曷爲來賵之？隱爲桓立，故以桓母之喪告於諸侯。然則何言爾。成公竟也。其言來何？不及事也。其言惠公仲子何？兼之，兼之非禮也。何以不言及仲子？仲子微也。九月，及宋人盟於宿。孰及之？內之微者也。冬十有二月，祭伯來。祭伯者何？天子之大夫也。何以不稱使？奔也。奔則曷爲不言奔？王者無外，言奔則有外之辭也。公子益師卒。何以不日？遠也。所見異辭，所聞異辭，所傳聞異辭。

《春秋》本是一個「斷爛朝報」，試將甲骨遺文以時次排列，恐怕很像《春秋》了。所以有《穀梁春秋》把《公羊》去泰去甚，尚可說是「尊修舊文而不穿鑿」，《公羊》之例無一破例者，董仲舒「爲之詞」曰：《春秋》無常例，則實先本望文生義，後來必有不能合義之文，在斷爛朝報本無所庸心，在釋者卻異常麻煩。董子書號《春秋繁露》，引申經義之外，合以雜文，宋人已疑之，然非盡僞，合於公羊家言者甚多（參看《四庫提要》）。茲於本篇之末附其元光元年對策以見董仲舒之學發於《公羊春秋》，一以《春秋》論時政。

《春秋繁露》一書既淩遲（《漢志．儒家》有董仲舒百二十三篇），不引，引太史公舉董仲舒論《春秋》語如下。

周道衰廢，孔子爲魯司寇，諸侯害之，大夫壅之。孔子知言之不用，道之不行也，是非二百四十二年之中，以爲天下儀表，貶天子，退諸侯，討大夫，以達王事已矣。子曰：「我欲載之空言，不如見之於行事之深切著明也。」夫春秋上明三王之道，下辨人事之紀，別嫌疑，明是非，定猶豫，善善惡惡，賢賢賤不肖，存亡國，斷絕世，補敝起廢，王道之大者也。易著天地陰陽四時五行，故長於變，

《禮》經紀人倫，故長於行；《書》記先王之事，故長於政；《詩》記山川溪谷，禽獸草木，牝牡雌雄，故長於風；《樂》樂所以立，故長於和；《春秋》辨是非，故長於治人，是故《禮》以節人，《樂》以發和，《書》以道事，《詩》以達意，《易》以道化，《春秋》以道義；撥亂世反之正，莫近於《春秋》。《春秋》文成數萬，其旨數千；萬物之散聚皆在《春秋》。《春秋》之中，弒爲三十六，亡國五十二，諸侯奔走不得保以社稷者，不可勝數，察其所以，皆失其本已。故《易》曰：「失之毫釐，差以千里。」故曰：「臣弒君，子弒父，非一旦一夕之故也，其漸久矣。」故有國者不可以不知《春秋》，前有讒而不見，後有賊而不知。爲人臣者不可以不知《春秋》，守經事而不知其宜，遭變事而不知其權。爲人君父而不通於《春秋》之義者，必蒙首惡之名，爲人臣子而不通於《春秋》之義者，必陷篡弒之誅，死罪之名。其實以爲善爲之不知其義，被之空言而不敢辭。夫不通利義之旨，至於君不君，臣不臣，父不父，子不子。夫君不君則犯，臣不臣則誅，父不父則無道，子不子則不孝，此四行者天下之大過也。以天下之大過，予之，則受而弗敢辭，故《春秋》者，禮義之大宗也。夫禮禁未然之前，法施已然之後，法之所爲用者易見，而禮之所爲禁者難知。

《公羊春秋》與《齊詩》有同樣的氣焰，「泱泱乎大國之風」，《公羊傳》、《繁露》，都無魯儒生沾沾的氣象。

《論語》、《孝經》

今本《論語》是鄭本，幸有《經典釋文》存若干條「魯」、「古」之異。《論語》自是曾子後著於竹帛的，大體上與漢無涉，然「行夏之時，乘殷之輅，服周之冕，樂則韶舞」，純是漢初儒者正朔服色之思想，至早不能過於戰國晚年，而「鳳鳥不至，河不出圖，吾已矣夫」，竟是讖緯的話了。《鄉黨》一篇，也有可疑處。漢興，傳《論語》有兩家，《漢志》說：「傳齊論者，昌邑中尉少府家畸，御史大夫禹，《尚書》令五鹿充宗，膠東庸生，唯王陽各家。傳魯《論語》者，常山都尉龔奮，長信少府夏侯勝，丞相韋賢，魯扶卿，前將軍蕭望之，安昌侯長禹，皆名家。張氏最後，而行於世。」

《孝經》當是如《禮記》者諸篇之一，所以後蒼亦傳之，後來爲人稱爲《孝經》，以配六藝。所說純是漢朝的話，如德教加於百姓，刑於四海之天子，只有秦漢皇帝如此，自孔子至戰國末，無此天子。訓諸侯以「在上不驕，高而不危，制節謹度，滿而不溢。高而不危，所以長守貴也，滿而不溢，所以長宗富也。富貴不離其身，然後保其社稷，而和其人民」。又申之以「戰戰兢兢，如臨深淵，如履薄冰」。這哪裡是對春秋戰國諸侯的話，漢家諸侯王常常坐罪國除，所以才說得上在上不驕，制節謹度，保其社稷，戰戰兢兢。然而劉歆時代《孝經》也有了古文，則古文之古可知了。

綜合上面所論漢武帝前之六經，可見當時儒學實是齊魯兩學之合併，合併後互相爲國，然仍各有不同處。齊放肆而魯拘謹，齊大言而魯永言（荀卿游學於齊，故荀卿亦非純然三晉學者）。又漢初五經之學，幾乎無不雜五行陰陽者，而以齊國諸學爲尤甚。原五行之說本始於齊（見《孟子荀卿列傳》）。而荀卿之以責子思孟軻，當是風開得不合事實（言五行者託於《孟子》）。漢初，黃老刑名亦爲五行所化，武帝時號稱宗儒術而黜百家，實則以陰陽統一切之學而已。制禮樂的世宗，並不如封建的世宗之重要。

又漢初儒者實在太陋了，不識字（如書「文王」之成「寧王」）。不通故，承受許多戰國遺說，而實不知周時之典（如太史公《周本紀》贊之言，漢學者竟分不清楚宗周與成周），其有反動固宜。

漢初儒學的中心人物是孔子，《詩》、《書》、《禮》、《樂》本是孔子時代士人之通學，《春秋》尚不聞，《易》尤後出。孔子與文藝關係，實不如漢初儒者所說之甚。大約《詩》、《書》、《禮》、《樂》、《春秋》是魯學，儒家是在魯地，故孔子與魯成儒家之中心，今雖不及見漢初六經面目，但六經實是漢初定本。直到宋人才有了考證的工夫，亦能發達古器物學，以證實在，後人反以理學爲宋學（其實清朝所謂理學是明朝的官學，即「大全」之學）、以宋學（考訂文籍，辨章器物，皆宋人造成之學）爲漢學，直使人有「觚不觚」之嘆。現在括之曰，儒是魯學，經是漢定，理學是明官學，考訂是宋學。

現在把《史記．儒林列傳》抄在下面，並附帶解釋數處可疑的地方。

太史公曰：余讀功令，至於廣厲學官之路，未嘗不廢書而嘆也。曰，嗟乎！夫周室衰而《關雎》作，幽厲微而禮樂壞，諸侯恣行，政由強國，故孔子閔王路廢而邪道興，於是論次詩書，修起禮樂，適齊聞韶，三月不知肉味，自衛返魯，然後樂正，雅頌各得其所（按此處獨不舉《易》，可知太史公並未見，「加我數年，五十以學易」之改文，世家所云，後人竄入無疑也），世以混濁莫能用，是以仲尼干七十餘君無所遇，曰，苟有用我者，期月而已矣。西狩獲麟，曰，吾道窮矣。故因《史記》作春秋，以當王法，其辭微而指博，後世學者多錄焉（持以上之語與《漢書．儒林傳》敘比，則知此是漢武時儒者所釋孔子與六經之關係，彼是古文學盛行後之說也）。自孔子卒後七十子之徒散游諸侯，大者爲師傅卿相，小者友教士大夫，或隱而不見，故子路居衛，子張居陳，澹臺子羽居楚，子夏居西河，子貢終於齊，如田子方段干木吳起禽滑釐之屬，皆受業於子夏之倫，爲王者師。是時獨魏文侯好學，後凌遲，以至於始皇（以至於始皇五字衍文也）天下並爭於戰國，儒術既黜焉，然齊魯之間，學者獨不廢也。於威宣之際，孟子荀卿之列，咸遵夫子之業而潤色之，以學顯於當世。及至秦之季世，焚詩書，坑術士（坑術士而謂之坑儒，可知當時術士即儒也。參見《始皇紀》、《扶蘇諫語》），六藝從此缺焉（此句當是後來文家所改無疑。《新學僞經考》卷一辯之已詳）。陳涉之王也，而魯諸儒持孔氏之禮器往歸陳王，於是孔甲爲陳涉博士，卒與涉俱死。陳涉起匹夫，驅瓦合適戍，旬月以王楚，不滿半歲竟滅亡，其事至微淺，然而縉紳先生之徒，負孔子禮器，往委質爲臣者，何也？以秦焚其業，積怨而發憤於陳王也。及高皇帝誅項籍，舉兵圍魯，魯中諸儒尚講誦習禮樂，弦歌之音不絕。豈非聖人之遺化，好禮樂之國哉！故孔子在陳，曰，歸與歸與！吾黨之小子狂簡，斐然成章，不知所以裁之。夫齊魯之間於文學，自古以來，其天性也。故漢興，然後諸儒始得修其經藝，講習大射鄉飲之禮。叔孫通作漢禮儀，因爲太常，諸生弟子共定者咸爲選首，於是喟然嘆興於學。然尚有干戈，平定四海，亦未暇遑庠序之事也。孝惠呂后時，公卿皆武力有功之臣。孝文時頗徵用，然孝文帝本好刑名之言。及至孝景，不任儒者，而竇太后又好黃老之術，故諸博士具官待問，未有進者。及今上即位，趙綰王臧之屬明儒學，而上亦鄉之，於是招方正賢良文學之士，自是之後，言《詩》於魯則申培公，於齊則轅固生，於燕則韓太傅；言《尚書》自濟南伏生；言《禮》自魯高堂生；言《易》自菑川田生；言《春秋》於齊魯自胡毋生，於趙自董仲舒。及竇太后崩，武安侯田蚡爲丞相，黜黃老刑名百家之言，延文學儒者數百人，而公孫弘以春秋白衣爲天子三公，封以平津侯，天下之學士靡然鄉風矣。公孫弘爲學官，悼道之鬱滯，乃請曰，丞相御史言，制曰，蓋聞導民以禮，風之以樂。婚姻者居室之大倫也，今禮廢樂崩，朕甚愍焉，故詳延天下方正博聞之士，咸登諸朝，其令禮官勸學、講議洽聞興禮，以爲天下先，太常議，與博士弟子，崇鄉里之化，以廣賢材焉。謹與太常臧博士平等議曰，聞三代之道，鄉里有教，夏曰校，殷曰序，周曰庠。其勸善也，顯之朝廷；其懲惡也，加之刑罰。故教化之行也，建首善自京師始，由內及外。今陛下昭至德，開大明，配天地，本人倫，勸學修禮，崇化厲賢，以風四方，太平之原也。古者政教未洽，不備其禮，請因舊官而興焉。爲博士官置弟子五十人，復其身。太常擇民年十八已上，儀狀端正者，補博士弟子，郡國縣道邑有好文學，敬長上，肅政教，順鄉里，出入不悖所聞者，令相長丞上所二千石，二千石謹察可者，當與計偕，詣太常，得受業如弟子，一歲，皆輒試，能通一藝以上，補文學掌故缺；其高第可以爲郎中者，太常籍奏。即有秀才異等，輒以名聞，其不事學若下材及不能通一藝，輒罷之，而請諸不稱者罰。臣謹案，詔書律令下者，明天人分際，通古今之義，文章爾雅，訓辭深厚，恩施甚美，小吏淺聞，不能究宣，無以明布諭下，治禮次，治掌故，以文學禮義爲官，遷留滯，請選擇其秩比二百石以上，及吏百石通一藝以上，補左右內史，太行卒史，比百石已下，補郡太守卒史，皆各二人，邊郡一人，先用誦多者，若不足，乃擇掌故補中二千石屬，文學掌故補郡屬備員。請著功令，佗如律令。制曰可。自此以來，則公卿大夫士吏斌斌多文學之士矣。申公者魯人也，高祖過魯，申公以弟子從師入見高祖於魯南宮。呂太后時，申公游學長安，與劉郢同師。已而郢爲楚王，令申公傅其太子戊，戊不好學，疾申公。及王郢卒，戊立爲楚王，胥靡申公，申公恥之，歸魯，退居家教，終身不出門，復謝絕賓客，獨王命召之乃往。弟子自遠方至受業者百餘人，申公獨以《詩經》爲訓以教，無傳疑，疑者則闕不傳（此句重複，疑此句是釋上文「無傳疑」之注，傳抄羼入耳）。蘭陵王臧既受詩，以事孝景帝，爲太子少傅，免去。今上初即位，臧乃上書宿衛，上累遷，一歲中爲郎中令。及代趙綰，亦嘗受詩申公，綰爲御史大夫，綰臧請天子欲立明堂，以朝諸侯，不能就其事，乃言師申公，於是天子使使束帛加璧，安車駟馬，迎申公，弟子二人乘軺傳從。至，見天子，天子問治亂之事，申公時已八十餘，老，對曰，爲治者不在多言，顧力行何如耳。是時天子方好文辭，見申公對，默然；然已招致，則以爲太中大夫，舍魯邸，議明堂事。太皇竇太后好老子言，不說儒術，得趙綰王臧之過，以讓上，上因廢明堂事，盡下趙綰王臧吏，後皆自殺。申公亦疾免以歸（此是漢武帝初年一大事，黃老對儒術最後之奮鬥也）。數年卒。弟子爲博士者十餘人，孔安國至臨淮太守，周霸至膠西內史，夏寬至城陽內史，碭魯賜至東海太守，蘭陵繆生至長沙內史，徐偃爲膠西中尉，鄒人闕門慶忌爲膠東內史，其治官民皆有廉節，稱其好學。學官弟子行雖不備，而至於大夫郎中掌故，以百數。言《詩》雖殊，多本於申公。清河王太傅轅固生者，齊人也，以治《詩》，孝景時爲博士，與黃生爭論景帝前。黃生曰，湯武非受命，乃弒也。轅固生曰，不然，夫桀紂虐亂，天下之心皆歸湯武，湯武與天下之心而誅桀紂，桀紂之民不爲之使而歸湯武，湯武不而得已立，非受命爲何？黃生曰，冠雖敝，必加於首，履雖新，必關於足，何者？上下之分也。今桀紂雖失道，然君上也；湯武雖聖，臣下也。夫主有失行，臣下不能正言匡過以尊天子，反因過而誅之，代立踐南面，非弒而何也？轅固生曰，必若所云，是高帝代秦即天子之位非邪？於是景帝曰，食肉不食馬肝，不爲不知味；言學者無言湯武受命，不爲愚。遂罷。是後學者，莫敢明受命放殺者。竇太后好老子書，召轅固生問老子書，固曰，此是家人言耳。太后怒曰，安得司空城但書乎！乃使固入圈刺豕，景帝知太后怒，而固直言無罪，乃假固利兵，下圈刺豕，正中其心，一刺，豕應手而倒。太后默然，無以復罪，罷之。居頃之，景帝以固爲廉直，拜爲清河王太傅，久之，病免。今上初即位，復以賢良徵固，諸諛儒多疾毀固，曰，固老。罷歸之。時固已九十餘矣。固之徵也，薛人公孫弘亦徵，側目而視固，固曰，公孫子務正學以言，無曲學以阿世！自是之後，齊言詩皆本轅固生也。諸齊人以詩顯貴，皆固之弟子也。韓生者，燕人也，孝文帝時博士，景帝時爲常山王太傅。韓生推詩之意，而爲內外傳數萬言，其語頗與齊魯間殊，然其歸一也。淮南賁生受之，自是之後，而燕越間言詩者由韓生。孫商爲今上博士。伏生者濟南人也，故爲秦博士，孝文帝時，欲求能治《尚書》者，天下無有，乃聞伏生能治，欲召之。是時伏生年九十餘，老，不能行，於是乃詔太常，使掌故朝錯往受之。秦時焚書，伏生壁藏之，其後兵大起，流亡。漢定，伏生求其書，亡數十篇，獨得二十九篇，即以教於齊魯之間，學者由是頗能言《尚書》，諸山東大師無不涉《尚書》以教矣。〔以上大節，自相矛盾。亡數十篇一說，乃古文說，武帝時儒者以伏生書全，故有二十八宿以拱北辰（《大誓》）之論。且伏生既以書教於齊魯之間，奈何又云文帝求治《尚書》者，天下無有？秦焚書，非焚官書，伏生爲秦博士，毋庸因壁藏而亡數十篇。此段是後來古文學者大改而成，以失其本來面目者也〕伏生教濟南張生及歐陽生，歐陽生教千乘兒寬，兒寬既通《尚書》，以文學應郡舉，詣博士受業，受業孔安國（此五字使上下文不接，其竄入之跡甚顯也）。兒寬貧無資用，常爲弟子都養，及時時間行傭賃以給衣食，行常帶經，止息則誦習之，以試第次補廷尉史。是時張湯方鄉學，以爲秦讞掾，以古法議決疑大獄，而愛幸寬。寬爲人溫良，有廉智自持，而善著書書奏，敏於文，口不能發明也。湯以爲長者，數稱譽之。及湯爲御史大夫，以兒寬爲掾，薦之天子，天子見問，說之。張湯死後六年，兒寬位至御史大夫，九年而以官卒。寬在三公位，以和良承意，從容得久，然無有所匡諫於官，官屬易之，不爲盡力。張生亦爲博士，而伏生孫以治《尚書》徵，不能明也。自此之後，魯周霸孔安國雒陽賈嘉，頗能言《尚書》事，孔氏有《古文尚書》，而安國以今文讀之，因以起其家，逸書得十餘篇，蓋《尚書》滋多於是矣（自「自此以後……」至「……滋多於是矣」，全是古文學者所加。既云兒寬受業孔安國。又云兒寬後魯周霸孔安國頗能言《尚書》事，自相矛盾至此，且安國是受魯詩者，又早卒，《史記》有明文。安國與《書》關係，與魯共王河間獻王同是向壁虛造之談也。康有爲、崔適諸君辯之詳，茲不述）。諸學者多言禮，而魯高堂生最本。禮固自孔子時，而去其經不具，及至秦焚書，書散亡益多，於今獨有士禮。（此節亦古文家言，漢初年儒者固不承認其獨傳士禮，且叔孫通等率魯諸生所爲，何嘗是士禮？恐高堂生一節，多改刪）高堂生能言之。而魯徐生善爲容，孝文帝時，徐生以容爲禮官大夫，傳子至引徐延徐襄，襄其天資善爲容，不能通禮經；延頗能，未善也。襄以容爲漢禮官大夫，至廣陵內史。延及徐氏弟子公户滿意桓生單次皆嘗爲漢禮官大夫，而瑕丘蕭奮以禮爲淮陽太守。是後能言禮爲容者，由徐氏焉。自魯商瞿受《易》孔子，孔子卒，商瞿傳《易》，六世至齊人田何字子莊，而漢興，田河傳東武人王同子仲，子仲傳菑川人楊何，何以《易》元光元年徵，官至中大夫。齊人即墨成以《易》至城陽相，廣川人孟但以《易》爲太子門大夫，魯人周霸，莒人衡胡，臨菑人主父偃皆以《易》至二千石，然要言《易》者本於楊何之家。董仲舒，廣川人也，以治《春秋》，孝景時爲博士，下帷講誦，弟子傳以久，次相受業，或莫見其面，蓋三年董仲舒不觀於舍園，其精如此。進退容止，非禮不行，學士皆師尊之。今上即位，爲江都相，以春秋災異之變，推陰陽所以錯行，故求雨閉諸陽縱諸陰，其止雨反是，行之一國，未嘗不得其所欲。中廢爲中大夫，居舍，著災異之記。是時遼東高廟災，主父偃疾之，取其書奏之天子，天子召諸生示其書，有刺譏，董仲舒弟子呂步舒不知其師書，以爲下愚，於是下董仲舒吏，當死，詔赦之，於是董仲舒竟不敢復言災異。董仲舒爲人廉直，是時方外攘四夷，公孫弘治《春秋》不如董仲舒，而弘希世用事，位至公卿，董仲舒以弘爲從諛，弘疾之，乃言上曰，獨董仲舒可使相膠西王，膠西王素聞董仲舒有行，亦善待之。董仲舒恐久獲罪，疾免居家，至卒，終不治產業，以修學著書爲事，故漢興至於五世之間，唯董仲舒名爲明於《春秋》，其傳公羊氏也（此六字爲下文穀梁張本，太史公只見一種《春秋》，則不知有公羊、穀梁之別也）。胡毋生，齊人也，孝景時爲博士，以老歸教授，齊之言春秋者，多受胡毋生，公孫弘亦頗受焉（按胡毋生一節，三十五字應在董仲舒前，上文「惟董仲舒名爲明於《春秋》」，應直接下文，「仲舒弟子遂者……」其「瑕丘江生爲《穀梁春秋》」至「卒用董仲舒」二十五字，是爲穀梁學者所加入）。瑕丘江生爲《穀梁春秋》。自公孫弘得用，嘗集比其義，卒用董仲舒。仲舒弟子遂者，蘭陵褚大，廣川殷忠，溫呂步舒。褚大至梁相，步舒至長史，持節使決淮南獄，於諸侯擅專斷不報，以《春秋》之義正之，天子皆以爲是。弟子通者至於命大夫，爲郎謁者掌故者以百數。而董仲舒子及孫皆以學至大官（自「而董仲舒」下十三字爲後人）所補，太史公固不及見此也）。

平津丞相的事，關係漢世儒學成爲正統者最大，且平津的行品恰是古往今來以詩書用世者之代表，而主父偃事既見一種齊人儒學之趨向，又和平津侯傳相關連，所以都抄在下面。西漢時齊多相而魯多師，齊魯從學的風氣固不同。齊士好政治，好陰陽，魯士談詩禮尙謹。齊人致用而用每隨俗，不隨俗者每每任才使氣，故進而失德則如平津之曲學阿世，退而守德，亦有轅固之面折大君。而申公行事立言，乃眞魯生之情況。大約純正的儒家，本不能爲政治，所以歷來所謂「儒相」每每偷偷地用申韓黃老之術，而儒家的修行，亦每每流爲形式。雖日日言仁義而曲學阿世者，無時不輩出，現於漢時儒家之畢竟不能致漢於郅治，則儒家效用之局促可知也。

《史記》《平津侯主父偃列傳》（原注：文繁不及抄錄）

第十一講　五言詩之起源

四言詩起源之蹤跡可以追尋者甚微，因《詩經》以前沒有關於韻文的記載遺留及我們，而四言到了西周晚年，體制已經很完整了。五言在這一節上的情形稍好些，因五言起在漢時，我們得見的記載多了。七言更後，所以它的起源更可以看得顯明些。至於詞和曲的起源，可以有很細密的研究，其中有些調兒也許是受外國樂及樂歌的影響，有些名字先已引人這麼想的，如菩薩蠻、甘州樂之類；不過這一類的工作現還未開始，作這種研究也不容易，將來卻一定有很多知識用得到的（中文學研究中許地山君〈論中國歌劇與梵樂關係〉一文，即示人此等問題所在，甚值得一看）。這本來是文學史上最重要的問題，只可惜現在研究詞曲及他樣韻文體裁的人沒有注意到這些上。

我們於論五言詩起源之前，先辨明兩種傳說之不當。

論五言不起於枚乘

辨這些問題應以下列四書作參考，(1)《文心雕龍》、(2)《詩品》、(3)《文選》、

(4)《玉臺新詠》（《文章緣起》題任昉撰，然實後人書也，故不舉列）。

《文心雕龍》云：

漢初四言，韋孟首唱，匡諫之義，繼軌周人，孝武愛文，柏梁列韻（按：〈柏梁〉亦僞詩，亭林以來辯之詳矣）。嚴、馬之徒，屬辭無方。至成帝品錄三百餘篇，朝章國采，亦云周備，而辭人遺翰，莫見五言。所以李陵、班婕妤見疑於後代也。

《詩品》云：

逮漢李陵，始著五言之目矣。古詩眇邈，人世難詳，推其文體，固是炎漢之制，非衰周之倡也。自王、揚、枚、馬之徒，辭賦競爽，而吟詠靡聞。從李都尉迄班婕妤，將百年間。有婦人焉，一人而已。

《文選》尚無所謂枚乘詩，只有蘇武李陵詩，《玉臺新詠》所加之枚乘者，《文選》列入無名氏古詩中。《玉臺新詠》除〈結髮爲夫婦〉一首與《文選》一樣歸之蘇屬國外，所謂李陵詩不見，所謂李陵詩在性質上固然不屬《玉臺新詠》一格。

比核上列的四說，顯然可見五言詩起於枚乘之說實在作偭於徐陵或他同時的人。昭明太子於孝穆爲前輩，尚不取此說。自《文心雕龍》明言，「至成帝品錄三百餘篇」，辭人「莫見五言」；枚爲辭人（即賦家），是枚乘作五言一說，齊人劉彥和尚不聞不見（彥和實齊人，卒於梁代耳）。而鍾君《詩品》又明明說枚與他人僅「辭賦競爽而吟詠靡聞」。徐陵去枚時已七百年，斷無七百年間不談不聞的事，乃七百年後反而爲人知道的（若以充分的材料作考證，乃另是一回事）。且直到齊梁尚無枚乘作詩之說，《雕龍》、《詩品》可以爲證，是此說不特於事實無當，又且是一個很後之說。這一說本不構成一個嚴重的問題，我們不必多辯了。

論五言詩不起於李陵

比上一說歷史較長根據較多的，是李陵創五言之一說。這一說始於什麼時代，我們也很難考，不過班孟堅作《漢書》，大家補成的時候，還沒有這一說（可看〈李陵傳〉）。建安黃初時代有沒有這一說我們也沒有記載可考，而齊梁間人對這還是將信將疑的。所以劉彥和說「李陵班婕妤見疑於後代」。

我們不信五言起於李陵一說有好幾層理由。(1)《漢書》記載蘇李事甚詳，獨無李陵製五言詩一說，在別處也無五言詩起源之記載。(2)自李陵至東漢中世，時將二百年，爲人指爲曾作五言者，只有蘇武、李陵、班婕妤、傅毅數人，直到漢末然後一時大興，如五言已始於李都尉，則建安以前，蘇、李以後，不應那樣零落。(3)現存五言樂府古詩無絲毫爲西漢之痕跡，而「遊戲宛與洛」爲人指爲枚乘作者，明明是東京（玉衡指孟冬一句，爲人指爲西漢之口實，其實此種指證，與法國海軍官兵某以「日中星火」證《堯典》爲眞，同一荒唐）。(4)漢武昭宣時，楚調餘聲未沫，此種絕整齊之五言體恐未能成熟產生。(5)最有力之反證，即《漢書》實載李陵別蘇武歌，仍是楚節，而非五言。(6)試取《文選》所指爲蘇李贈答詩者一看，皆是別妻之調，無一句與蘇李情景合。如「俯視江漢流」明明不是塞北的話。

不過李都尉成了五言詩的創作者一個傳說也有它由來的道理。鳴沙山石室發現文卷中就存巴黎之一部分而論，什七八爲佛經及其他外國文籍，中國自著文籍不過什之一，而其中已有關於蘇李故事者四五篇（記憶如此，不獲據目錄校之），可見李陵的故事在唐五代還是在民間很流行的。現在雖然這李陵的傳說在民間已死了，而京調中的「楊老令公碰死在李陵碑」一切層次，尚且和李陵一生的關節相合，若楊四郎「在北國招了駙馬」等等，又很像李陵，大約這個楊家故事，即是李家故事到了宋後改名換姓的（一種故事的這樣變法甚常見）。李陵故事流傳之長久及普遍，至今可以想見，而就這物事為題目的文學出產品，當然不少的（一個民間故事，即是一個民間文學出產品）。即如蘇李往來書，敦煌石室出了好幾首，其中有一個蘇武是大罵李陵（已是故事的倫理化）。有一條罵他智不如孫權。這樣的文章自然不是蕭統及他的參訂學士大夫所取的，所以《文選》裡僅僅有「子卿足下勤宣令德……」一文。這篇文極多的人愛它，卻只有幾個人說它也許是李陵作的。大約自漢以及六朝，民間傳說李陵蘇武的故事時，有些歌調，詠敘這事，如秦羅敷；有些話言，作為由他自己出，如秦嘉婦。漢末樂府屬於相和清商等者，本來多這樣，所以當時必有很多李陵的詩，蘇武的詩，如平話中的「有詩為證」。《水滸傳》中（原來也只是一種平話）宋江的題詩，《宣和遺事》的宋太宗詩，一個道理。如果這段故事敷衍得長了，也許吸收若干當時民間的歌調，而成一段一段的狀態，所以無名氏的別妻詩成了蘇武的別妻詩。這些詩靠這借用的故事流傳，後來的學士們愛它，遂又從故事中抽出，而眞個成了蘇武的詩。此外很顯出故事性質的蘇李詩，因爲文采不豔，只在民間流行，久而喪失。原來古代的文人學士本不了解民間故事及歌曲的性質，看見李陵故事裡有作爲李陵口氣的五言詩，遂以爲李陵作五言詩；但最初也只是將信將疑，後來傳久了，然後增加了這一說的威權。

何以李陵故事這樣流行，也有一層道理，即李陵的一生縱使不加文飾也是一段可泣可詠的事實。李氏本是隴西士族，當時士大夫之望，不幸李廣那樣「數奇」，以不願對簿而自殺。李陵少年又爲甚多人器許，武帝愛他，司馬遷那樣稱讚他：「事親孝，與士信，恭儉下人，常思奮不顧身，以赴國家之急。」在當時的士人看去，李陵比當時由佞幸倡優出身的大將，如衛青、霍去病、李廣利，不可同年語的。偏偏遭際那樣不巧，至於「隴西士大夫以李氏爲愧」。而李降虜後，還是一個有聲色有意氣的人。有這樣的情形，自然可以成一種故事的題目。蘇屬國是個完節的人，是個堅忍而無甚聲采的人，拿他和李君比起來，尤其使這故事有聲色。天然造成的一個故事資料，所以便如此成就了。

東漢的故事現在只可於枝枝節節的遺文之中認識它的題目，如杞梁妻（《飲馬長城窟行》屬之）、秦羅敷（秋胡是其變說。秦嘉故事或亦是其中一節，將秦嘉為男子，遂為秦婦造徐淑之名）、李陵蘇武、趙飛燕（班婕妤故事大約附在內）、王昭君等，多半有歌詞傳到現在。其中必有若干的好文學，可惜現在不見了。

論五言不起一人

然則五言是誰創的？曰，這個問題不應這樣說法，某一人創造某一體一種話，都由於以前人不明白文體是一種的有機體，自然生成，以漸生成，不是憑空創造的，然後說出。誠然，古來文人賣弄字句的體裁，如「連珠」，最近代印刷術大發達後的出版界中文體，如「自由詩」，都可由一個文人創造，但這樣的事都是以不能通行於一般社會的體裁為限，都不能成文學上的一個大風氣（即使有人憑空創了，到底不能緣勢通行）。所有文學史上的大體裁，並不以中國為限，都是民眾經過若干時期造成的，在散文尚且如此（中國近代之白話小說出於平話，《水滸》傳奇等，尚經數百年在民眾中之變遷而成今體，西洋之Romance字義先帶地方人民性，不待說，即novel，淵源上亦經若干世之演化，流變上亦經若干人之修改，然後成近體也）。何況韻文，何況憑傳於民間歌樂的詩？所以五言、七言、詞等，其來都很漸，都是在歷史上先露若干端緒，慢慢地一步一步出現，從沒有忽然一下子出來，前無淵源，頓成大體的。果然有人問五言是何時何人創的，我們只好回答他，五言是漢朝的民間出產品，若干時代漸漸成就的出產品。

五言在漢時慢慢出來有痕跡可見嗎？日現在可見的西漢歌詞中（可靠的書籍所記載，並可確知其爲西漢者），沒有一篇完全五言的，只存下列三詩有一個向五言演化的趨勢。

〈戚夫人歌〉（見《漢書．外戚傳》）

子爲王，母爲虜。終日舂薄暮，常與死爲伍。相離三千里，當誰使告女。

（三、三、五、五、五、五）

〈李延年歌〉（見《漢書．外戚傳》）

北方有佳人，絕世而獨立。一顧傾人城，再顧傾人國。寧不知傾城與傾國，佳人難再得！

（五、五、五、五、八、五）

（《玉臺新詠》）已將第五句改成五言，遂爲一完全五言詩矣）。

〈楊惲歌〉（見《漢書．楊惲傳》）

田彼南山，蕪穢不治。種一頃豆，化而爲萁。人生行樂耳，須富貴幾時？

（四、四、四、四、五、五）

這三篇都不是楚調。戚姬，定陶人；定陶屬濟陰郡，濟陰地在戰國末雖鄰於楚之北疆，然楚文化當不及此。李延年，中山人。楊惲則明言「家本秦也，能爲秦聲；婦趙女也，雅善鼓瑟」。故他這歌非秦即趙。我們不能斷定西漢時沒有一篇整齊的五言詩（《困學紀聞》所引《虞姬歌》自不可據）。但若果多了，當不至於一首不遺留到現在，只見這三首有五言的趨向之詩。那麼，五言在西漢只有含蓄在非楚調的雜言中，逐漸有就整齊成五言的趨向，縱使這一類之中偶然有全篇的五言，在當時人也不至於注意到，另爲他標一格。大凡一種文體出來，必須時期成熟，《詩經》中雖有「子兮子兮」一流的話，《論語》中的「鳳兮鳳兮」一歌，也還近於《詩經》遠於《楚辭》，直到《孟子》書中引的〈滄浪之歌〉，才像《楚辭》，所以〈九辯〉、〈九章〉的體裁，總不能是戰國中期以前的物事，西漢時楚調盛行，高帝武帝都提倡他所以房中之樂（如〈安世房中歌〉），乃至〈郊祀之歌〉，都是盛行楚聲的。賦又是楚聲之擴張體，如果歌樂的權柄在司馬相如、枚皋一般人手裡（見《史記》、《漢書》數處），則含蓄在非楚調的雜言詩中之五言，沒有發展的機會。一種普行的文體乃是時代環境之所形成，楚調不衰五言不盛。

我們宜注意下列幾件事

(1)中國一切詩體皆從樂府出，詞曲本是樂府，不必論；《詩三百》與樂之關係成說甚多，也不煩證明；只論辭賦、五言、七言，無不從樂府出來。《漢志》於辭賦略中標舉「不歌而誦」謂之賦一句話，這話說司馬相如是對的，說屈原是錯的，舉一事爲證，屈賦每每有亂，《論語》「師摯之始，〈關雎〉之亂，洋洋乎盈耳哉」。有亂的文辭不是樂章是什麼？賦體後來愈演愈鋪張多，節奏少，乃至於不可歌罷了。七言從漢魏樂府中出來的痕跡更顯明，五言則除見於東漢樂府者不待說外，所謂古詩，蘇李詩，非相和之詞，即清商之祖；後來到曹操所作，還都是樂府，子建的五言也大半是樂府。塡詞做詩不爲歌唱，乃純是後人的事，古世文人的範域與一般之差別不如後世之大，做詩而不歌，又爲什麼？所以杜工部還在那裡「新詩改罷自長吟」，近代人才按譜塡詞，畢竟不歌哩（詞律之規平仄，辨清濁陰陽，皆爲歌時之流暢而起，既不歌矣，而按譜塡，眞成雕蟲之技，不復屬於文章之事，無謂甚矣）。

(2)中國一切詩歌之原皆是長短句，詞曲不必論，四言在《詩經》中始終未整齊，到了漢朝人做那時的「古體詩」（如韋孟等及自四言詩出之箴銘等等），才成整齊的四言，七言五言從雜言的漢樂府出之痕跡亦可見。

(3)從非楚調的雜言中出來了五言，必是當時的樂節上先有此趨勢，然後歌調跟著同方向的走，這宗憑傳於音樂的詩歌，情趣雖然屬於文學，體裁都是依傍樂章，它難得先音樂而變。可惜漢代樂調一無可考，我們遂不能詳看五言如何從雜言樂府出一個重要事實。

《楚辭》不續《詩經》之體及樂，《楚辭》在文情上也斷然和《詩經》不同，五言不續《楚辭》之體及樂，五言在文情上斷然和《楚辭》不同。〈國風〉、〈小雅〉中的情感在東漢五言詩中重新出現了（應取《古詩十九首》、蘇、李詩、五言《樂府》等與〈國風〉、〈小雅〉較）。

論五言樂府者見「漢樂府」節，論漢季五言詩者，見「建安五言詩」節。

1D01
華人本土心理學與華人本土契合性
楊國樞主編／380元
國際政經、學術和教育文化向來以歐美國家為主導，台灣的心理學也一直是美國心理學的附庸。一九八〇年代起迄今，心理學為落實「本土化」而推動一連串的學術運動，有效探討華人的心理與行為所建立的知識體系，才能成為真正的華人本土心理學。

1D02
咆哮彭城：唐代淮上軍民抗爭史 763-899
盧建榮著／250元
唐代地方對抗中央的新史學之作。彭城的徐州軍民在安史亂後百餘年來不斷向唐廷抗爭，追求自行管理的統治形態，曾獲三次成功，並有多次逐帥、殺帥之舉。本書以特殊的敍述史學手法，借書中人物之口敍說彭城抗爭始末，還原被消音的地方史面貌。

1D03
詩學 Poetics
亞里斯多德（Aristotle）著／劉效鵬譯、導讀／200元
第一部探討古希臘悲劇藝術的總結性著作，也是人類現存最古老的文學評論著作之一，這是藝術史上第一次對戲劇的本質做出探討，對於後代的戲劇理論有極其重大的影響，更開創了亞里斯多德的詩學傳統。

1D05
中國人的精神 The Spirit of the Chinese People
辜鴻銘著／黃興濤、宋小慶譯／300元
一個特立獨行、備受爭議卻馳名國際的文化名人。林語堂譽為「怪傑」，胡適鄙為「怪物」。他捍衛君主制和納妾制，維護辮子和三寸金蓮。本書出版後，立即轟動西方。特別收錄羅家倫、梁實秋、周作人、托爾斯泰、芥川龍之介、毛姆等名家記敍其人之文。

1D06
霸權興衰史 The Rise and Fall of the Great Powers
保羅·甘迺迪（Paul Kennedy）著／張春柏、陸乃聖主譯／450元
本書綜述一五〇〇年以來英、法、西班牙等國的盛衰興亡，分析一九四五年以來世界局勢的發展變化，同時預測未來世界的趨勢。他借古喻今的功力無與倫比，分析盛極一時的帝國如何被拖垮與滅亡，從歷史教訓探討當今國際議題。

1D07
自殺論 Le Suicide: etude de sociologie
涂爾幹（Emile Durkheim）著／馮韻文譯／380元
古典社會學大師的重要名著。首次為社會學建立了經驗基礎，對傳統上認為純粹是個人和心理因素的自殺現象，提供了社會面向的解釋。自殺是一種特殊的社會現象，在資本制下之所以增多，是因為經濟發展、科技進步和社會分工變細所造成的社會病態而引起。

1D08

第三波

The Third Wave

杭廷頓（Samuel P. Huntington）著／劉軍寧譯／320元

十九世紀以來，全球民主化潮流有三波，從一九七四年葡萄牙政變迄今，即屬第三波的範疇，帶動了三十多個國家進行政治變革，從威權轉型到民主，是本世紀晚期最重要的政治趨勢。國際政治學巨擘深入淺出地分析轉型的原因、性質、方式及其直接影響。

1D09

臺灣慰安婦

朱德蘭著／450元

本書深入探討戰時殖民地臺灣與日軍性暴力的關係，由殖民者與被殖民者互動的視線切入，以基本人權觀念出發，針對日本的殖民統治構造、馴服與培養臺灣人對日本的認同，以及戰爭中動員臺籍慰安婦從業，遭受日軍性暴力的實情等，做實證性分析。

1D10

社會中的藝術

Die Kunst der Gesellschaf

魯曼（Niklas Luhmann）著／國立編譯館主譯、張錦惠譯／魯貴顯審定／420元

二戰後德國最重要的社會學家，系統理論的超級建築師。這是他撰寫一系列全社會功能系統中的第四輯專論。結合了近三十年來社會科學、現象學、生物演化理論、模控學、以及資訊理論等研究領域的成果，企圖建構出與藝術史、文學、美學、及當代文學理論間密切的對話平台。

1D11

人本主義與人文學科

洪鎌德著／240元

以人類的活動及其滋生的問題為觀察的對象，稱作人文現象，是孕育西洋文明的本源。人文學科建立於人性、人情之上，以人為尊。本書是人本主義與人文精神發展梗概之最佳入門書。

1D12

中國小說史略

魯迅著／周錫山評註／350元

魯迅被公認為二十世紀中國新文學的開山祖，他的作品都是短篇，只有本書例外，是唯一的長篇，完整全面地寫出了中國小說史的發展概況，不少觀點深刻精美，文筆典雅優美，至今尚未有同類著作可媲美，郭沫若將此書與王國維《宋元戲曲史》並譽為「雙璧」。

1D13

茶之書

The Book of Tea

岡倉天心著／谷意譯／180元

茶道為日本傳統美學之精髓，作者旅美期間，意識到西方人對東方世界充滿了荒謬想法及誤解，因此用英文寫下這本以「茶道」為主題的書，希望能將日本文化正式介紹到西方世界，藉此引起共鳴。文筆清雅雋永，蘊藏文人氣息，帶領讀者一窺日本古典美學的世界。

1D14

民主的全球旅程：從歐洲走向世界

蔡東杰著／180元

本書主要目的在於希望透過歷史性的長期透視，還原民主作為政治制度而非意識型態的發展歷程；藉此，期盼能讓讀者從人類進行制度選擇的理性面入手，重新檢視並瞭解民主政治與社會需求之間的互動，亦即它究竟因何而來，未來又將往何處而去。

1D15

我為何寫作

Why I Write

喬治．歐威爾（George Orwell）著／張弘瑜譯／220元

歐威爾是知名的政治諷刺小說《動物農莊》、《一九八四》的作者，善以先知的筆調勾畫人類陰暗的未來。〈我為何寫作〉是他一九四七年寫的一篇文章，娓娓細述他的寫作動機與歷程。想深入瞭解歐威爾，本書是相當重要的作品。

1D16

巨龍的蛻變：

中國1840-2008

高明士主編／400元

巨龍沉睡了，巨龍醒了。中國近代到現代的歷史，即古老帝國崩解與現代國家崛起的過程。但中國的衰敗非一朝一夕造成，西方列強稱霸也非僥倖得來。本書以元明時期海上發展與東西文化交流做為序幕，直至二〇〇八年海峽兩岸出現新領導人為末章。

1D17

論政治平等

On Political Equality

羅伯特．道爾（Robert A. Dahl）著／張國書譯／230元

當代政治學泰斗的最新力作。關於政治平等，理想目標和真實成果之間，果真存在巨大鴻溝？資本主義下的民主，總在政治平等和經濟不平等之間拉扯。本書齊聚了完整的訊息：民主的脆弱，它可以是贏家，也可能是輸家。

1D18

她們的聲音：

從近代中國女性的歷史記憶談起

游鑑明著／250元

歷史中的女性，角色重要卻不受重視，因為史料多偏男性觀點，並著重於政治與社會，生活描述鮮少。口述歷史透過訪談，記錄上一世代的生活，貼近女性的生活和經歷。口述史在婦女史研究中極為重要，作者長期研究婦女史，口述史經驗豐富，是最佳入門手冊。

1D19

奇怪的戰敗

L'Étrange Défaite

布洛克（Marc Bloch）著／陸元昶譯／240元

法國年鑑學大師布洛克的最後遺作。一九四〇年，第二次世界大戰，法軍不到一個月就潰敗於德軍閃擊戰下。五十三歲毅然從軍的布洛克，以他親身的經歷和史家的角度，評斷這場「奇怪的戰敗」，其評判嚴厲但正確。

1D20

單子論
La Monadologie

萊布尼茲（G. W. Leibniz）著／錢志純譯、導論／180元

世紀的天才、邏輯實證論與分析哲學的創立者，他比同時代的其他思想家更洞悉了自然科學的哲學基礎。單子，乃是一種進入組合物的單純實體；沒有部份，沒有擴延，也沒有形態，不能分割，是自然的真正原子，是物體的元素。

1D21

中華傳統文化十五講

龔鵬程著／380元

當代國學名師精解中國傳統文化之力作。中國傳統文化是全球華人內蘊、自省的基礎，並內化至食、衣、住、行、育、樂中。本書作者是當代海內外頂級學者和著名思想家。全書分為十五講，從孔子、春秋前，到西方與華夏文明的異化與再生，只待你翻開第一頁。

1D22

法律的道德性
The Morality of Law

富勒（Lon L. Fuller）著／鄭戈譯／顏厥安審定／320元

在美國法哲學史上的重要著作裡，本書佔有一席之地。它容括了對法律與道德兩者關係的洞見，並替其法律理論增添了重要的現實關連。就探討人們為何需要法治這一點，本書乃是既存文獻中的頂尖作品。銳利獨到的深入見解，在其中俯拾即是。

1D23

道德情感論
The Theory of Moral Sentiments

亞當．史密斯（Adam Smith）著／謝宗林譯／450元

相較於《國富論》，本書對西方世界帶來的影響更為深遠，對促進人類福利這一社會目的，發揮了更基本的作用。他一生中大部分的心血都傾注在此書的修訂上，書中討論各種道德情感問題，目的在強調：道德和正義，對社會乃至於市場經濟的運行的重要性。

1D24

聚斂的迷思：
唐代財經技術官僚雛形的出現與文化政治

盧建榮著／300元

文人傳統的低稅理想，遇上了財政告急的國家需求。創造稅收是富有創意的財稅政策，還是擾民的橫徵暴斂？唐史專家盧建榮教授的最新力作。書中時代是一個財政極度困難之時，困境與今日類似。財經專才不見容於通才型官僚，紛擾長達百餘年。

1D25

社會中的法
Das Recht der Gesellschaft

魯曼（Niklas Luhmann）著／國立編譯館主譯、李君韜譯／550元

法律是一個自我再製的系統，自己製造出其固有的諸元素與結構。這樣的系統在運作上具有封閉性，它是以「法／不法」這組二元符碼進行運作，並且採用條件式的綱要，這些綱要使得法律系統能夠清楚將自我指涉與異己指涉區分開來。

1D26

倫理學

Ethics

斯賓諾莎（Benedictus de Spinoza）著／國立編譯館主譯、邱振訓譯／錢志純導論／350元

他運用笛卡兒的形上學及知識論研究方法，結合斯多葛學派與猶太教理性教義，形成了他個人獨創的哲學體系。神、世界、人三者是他心中最重要的關注對象。本書便是透過哲學思辨，提供對於神的理解、對世界的認識，以及對人類德性與幸福的把握。

1D27

民意

Public Opinion

李普曼（Walter Lippmann）著／閻克文、江紅譯／350元

作者是深具影響力的重量級人物，也是新聞傳播史上最偉大的新聞記者／作者／學者。本書以精闢而獨樹一格的筆鋒，檢視民主理論、民主社會的公民角色，以及媒體型塑思考與行動的衝擊效應。此書至今仍左右當代政治學理論的發展。

1D28

中國倫理學史

蔡元培著／240元

本書採用西方近代的學術觀點和方法，整理中國傳統的倫理思想，探究古代思想的起源、發展及變遷，論述從先秦至明代間共二十八位哲學家，包括先秦諸子、漢代陰陽五行、魏晉清談、宋代新儒學與明代理學，可說是近代中國第一本學術著作。

1D29

阿多諾美學論：

雙重的作品政治

陳瑞文著／300元

阿多諾美學有一種哲學家與作家兼具的革命性作為：應用作品的問題性超越美感研究，與極化語言超越語言學規範。陳述和語言之間的絞扭，就像走在兩旁沒有依附的山脊。它涉及雙重的作品政治，一種前衛作品的否定性，另一種星叢語言的否定性。

1D30

人權不是舶來品

跨文化哲學的人權探究

陳瑤華著／270元

一般認為人權是西方產物，這和〈世界人權宣言〉的主導地位有關，有其文化上的優勢，因此亞、非洲等國才有落實人權的障礙和困境。此想法是否符合落實人權的事實？本書欲證明人權並非舶來品，並以華人文化傳統的人權淵源解釋為例，試探多元解釋之可能性。

1D31

沉思錄

Meditations on First Philosophy

笛卡兒（Ren Descartes）著／周春塘譯／220元

原文書名即第一哲學，來自於亞里斯多德，為哲學中最關鍵的問題，也是所有哲學問題的先決條件。書中包含六個沉思，從各角度證明上帝的存在與靈魂問題。他的語言與論述方式直至今日仍具有廣大影響力，此書也成為哲學愛好者必讀的經典之作。

1D32

《出埃及：歷史還是神話？》李雅明著／300元

摩西帶領以色列人出埃及、過紅海，是《舊約》中非常重要的事件。但中東地區的歷史文獻、考古學和出土文物中，卻全無痕跡。本書從客觀的立場，以歷史的眼光探討學術研究的成果，還原始末，是中文世界第一本深入解析之作。

1D33

《重讀中國女性生命故事》游鑑明、胡纓、季家珍主編／380元

十四位國際知名漢學家、中國女性史的重要學者：曼素恩、賀蕭、錢南秀、盧葦菁、季家珍、胡纓、姚平、柏文莉、柯麗德、伊沛霞、王安、伊維德、魏愛蓮、游鑑明。從烈女賢媛、碑銘小說、史外線索，到勞模事蹟和口述歷史，重新梳理兩千年來各類中國女性的故事。

1D34

《論李維羅馬史》馬基維利（Niccolò Machiavelli）著／呂健忠譯／500元

馬基維利的《君王論》獻給麥迪奇家族的君主。六年後的《論李維羅馬史》，獻書對象不再是君主，而是具君主才德的出類拔萃之士。從提圖斯．李維的《羅馬史》看出一條「沒有人踩過的新途徑」，主張共和體制優於君主統治，將對每個人帶來共同利益。

1D35

《中國古代文學史講義》傅斯年著／250元

傅斯年北大任教期間的講稿，所講論的起於殷周之際下到西漢哀平王莽之時。對中國上古至近代時期的文學史作斷代研究，論及詩、史、文、論，對某些專題還進行深入探討，並宏觀涉及文學史研究之方法論，頗具啟發之效，是青年學生學習國學知識的一本權威讀物。

1D36

《功效論：中國與西方的思維比較》余蓮（François Jullien）著／林志明譯／250元

本書探討中西有關成功與效力的根本思維並加以對照。中國主要結合《老子》、《孫子》、《鬼谷子》和《韓非子》的思想並加以貫通，找出上古以降對軍事、外交、政治等各面向的共通思維，對照西方柏拉圖、亞里斯多德至《君王論》、《戰爭論》中浮現的思想根柢。

1D37

《二十一世紀基督教：永今神學》林建中著／250元

聯合科學理性推理與神學哲學思維解析基督教，提供一套客觀理性的「聖經釋義學」正解《聖經》，以及邏輯而知性的「基督教擁護論」正信真理，使現代人知性地獲得「神的知識」，察悟生命意義與目的，今生享受自然「豐盛生命」，來生進入超然「永生」。